U0902205

时光若止 岁月成诗

培根 蒙田 纪伯伦 等 著
DTT 译

江苏凤凰文艺出版社
JIANGSU PHOENIX LITERATURE AND ART PUBLISHING, LTD

图书在版编目（CIP）数据

时光若止，岁月成诗 / (英) 培根等著；DTT译. --
南京：江苏凤凰文艺出版社，2018.6
ISBN 978-7-5594-1743-5

Ⅰ. ①时… Ⅱ. ①培… ②D… Ⅲ. ①散文集 – 英国 –
现代 Ⅳ. ①I561.65

中国版本图书馆CIP数据核字(2018)第071783号

书　　　名　时光若止，岁月成诗
作　　　者　（英）培根等
译　　　者　DTT
选 题 策 划　书田文化
责 任 编 辑　姚　丽
责 任 监 制　刘　巍　江伟明
封 面 绘 图　三　乖
封 面 设 计　末末美书
出 版 发 行　江苏凤凰文艺出版社
出版社地址　南京市中央路165号，邮编：210009
出版社网址　http://www.jswenyi.com
印　　　刷　北京中科印刷有限公司
开　　　本　880×1230毫米　1/32
字　　　数　170千字
印　　　张　9
版　　　次　2018年6月第1版，2018年6月第1次印刷
标 准 书 号　ISBN 978-7-5594-1743-5
定　　　价　48.00元

目 录
Contents

第三章　寂寞的感觉

第四章　在海边的一个冬日

第五章　我的信念

第六章　要生活得写意

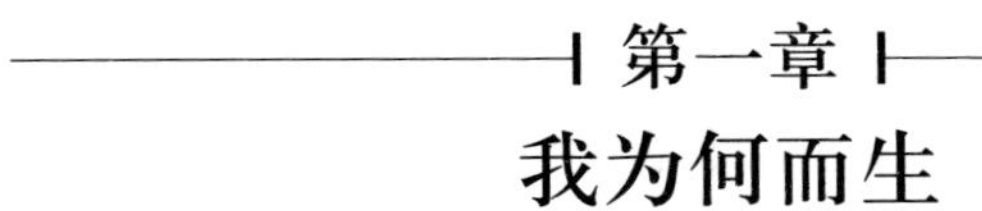

第一章 我为何而生

时　　钟

高尔基[①]/文

一

滴答，滴答！

在这个夜深人静的时刻，只身一人聆听那钟摆无情冷漠、持续不断的滴答声，会让人感受到一种恐怖可怕的氛围。这种声音节奏很单调，如同数学一样地缜密，不断重复着一句话：生活在疲惫不堪地向前迈进。当夜色和睡梦笼罩大地的时候，万物寂静无声——此时只有时钟孤独地、用它那嘹亮的声音向人们报告着时间一分一秒的流逝……钟摆一直在滴答地响着，它的每一响都标示着我们的生命在减少一秒钟，也标志着大自然给予我们生命中的一瞬再也回不来了。这些分分秒秒是从哪里来的，又往哪

① 玛克西姆·高尔基（1868—1936），苏联作家、评论家、政论家、学者。代表作品：《海燕》《母亲》《童年》《在人间》《我的大学》等。

里去？这个问题没人能回答得出……而且还有很多其他的、更为重要的问题也没有答案，然而我们人类的福祉又要仰仗于这些问题的完美解答。要怎样生活才能让我们觉得自己是生活中不可或缺的人？怎样生活才能充分拥有信念和理想？怎样生活才能使过去的每一秒都能够激励我们的思想和智慧？这一切，也许有一天这永无休止地运动着的时钟能够回答？——而又会对此说些什么呢？

二

滴答，滴答！

在这个世界上，时钟是最冷漠无情的事物。它始终按照那样的节奏准确地响着，在你刚出现在人间的时候是这样，在你怀有贪念地摘掉所谓青春幻想花朵的时候也是这样。人从来到这个世界开始算起，每过一天其实就是离死亡更近了一步。而当你濒死语哽的时候，时钟也会索然无味地、不动声色地计算着你临终的时间岁月。在它那十分冰冷的计算中——请认真听——回响着一种因知晓一切而顿觉慵困倦怠的声音。自古以来，任何事物都没能让它激动过，也没有什么令它倍感珍贵。它是冷若冰霜的。因此，为了我们自己能够过上更好的生活，我们必须创造出另外一种时钟，这种时钟具有丰富的思想感情，并且勇于行动，从而替代了那种无味、单调，阴郁、伤人心神，同时包含着责备意味、冷冷作响的时钟。

三

滴答，滴答！

时钟不知疲惫地运动着，其间不存在静止的时刻——究竟什么东西能被我们称为“现在的”呢？这一秒刚刚诞生，下一秒便紧随其后，继而把前者推向万丈深渊里去了……

滴答，此刻你是幸福的。滴答！让人疼痛难耐的灼人的毒液再一次流淌着进了你的心房。假若你再不绞尽脑汁用新的、饱含激情的东西来撒进你生活的每一秒钟，那这痛苦就极有可能伴随你的一生，陪伴着你度过你生命中的每个瞬间。而能够诱惑人的其实还有苦难，这是一种充满危险的特殊享受。拥有它，我们往往便不会再去找寻其他的、更高雅的生而为人的权利了。但是像这样的苦难，由于到处都可以见到而变得身价低廉，从而引起不了人们的关注了。这样看来，苦难不一定值得我们去珍视——而应当用一些更独特、更难能可贵的东西来丰盈自己——不是吗？苦难是一种贬了值的珠宝。我们不应该向任何人抱怨生活中的种种烦恼；安慰人的话中难以有我们寻找的那种东西。生活的丰富性和趣味性只有在人们与影响他们生活的东西作斗争时才变得更加迷人。就是在这样的斗争中那些令人厌烦的、苦闷的时间才会悄无声息地随风而逝。

四

滴答，滴答！

人的生命短得让人觉得可笑。如何生活？有些人总是利用各种方法逃避生活，而另一些人却把自己的全部身心都奉献给了它。前面一批人到了人生的晚年会觉得精神空虚，没什么值得自己回忆的；而后一批人的精神和回忆都是满满的、精彩的。这两批人都终将死去，假若他们没有把自己的智慧、身心毫无保留地献给生活，他们在这个世界上便什么也没留下……当你接近死亡的时候，时钟将冷冷地计算出你生命的最后时刻——滴答！与此同时，每时每刻都会有新的生命来到这个世界。而你已经离开了这个世界，你所拥有的任何东西都将在生活中消失，除了你的躯体，而这躯体最终会腐烂发臭。你被机械死板的造物者投胎到了这个世界，然后又被冰冷地拖拽出这个世界，如此而已——你所重视的尊严难道不为此恼怒吗？如果你足够矜持，因遵从时间的非凡使命而感到耻辱，那就在后面的生活中不断加强对自我的认知吧！想象一下你在生活中所充当的角色：一块成品砖，就这么静静地躺在一栋楼房里，随着时间推移逐渐变成了粉末状的东西，最终随风而逝……充当这样一块砖是枯燥的、毫无价值可言的，对不对？如果你有充足的智慧和精神，并且想要享受一下那些充斥在生活中的美好的、带有丰富感受的刺激时刻，就不要与这样一块砖同流合污！

五

滴答，滴答！

在这时钟无边无际的运动中，你自己具有多大价值——当你认真思考之后，你就会认识到自己渺小得不值一提，而且因此会产生沉重悲伤的心情。这种认识会让你觉得自己受到了侮辱！并且它还将召唤出你的骄矜，还将引发你对打击你的生活的它生出仇恨，同时宣布与它进行抗争。那该打着什么旗号呢？理想就是：当大自然掠夺了人类用四肢爬行的能力时，给了人类一根拐杖。人类无意识地、本能地去追求美好的东西也就是从那个时候开始的，从此天天向上，让这样的追求变为自觉的吧……从而让人们知晓，真正的幸福只有在对美好事物的自觉追求中才会拥有。不要总觉得自己无能，什么都不要埋怨。因为这样的诉苦只能给你带来精神枯萎的人们对你的怜悯和施舍。其实人们都是一样地不幸，而最不幸的当属那些用不幸来美化自己的人。这些人任何时候比任何人都更想要别人对自己的褒奖，可又总是不值得别人青睐。前进、追求——这才是生活的本来要义。让我们把全部的生活都变成一种追求吧，到那时，生活中将会出现一种极其美妙的瞬间。

六

滴答，滴答！

“人的道路既然遮隐，神又把他四面围困，为何有光赐给他呢？[①]”这是老约伯（《圣经》中的人物）问上帝的话。如今这样勇敢的人已然没有了，他时刻谨记着自己是上帝的儿女、且是按上帝的模样被创造出来的，所以勇于如老约伯那般质问上帝。如今人们普遍自甘卑下。他们对于生活并不怎么热爱，甚至对自己也不会热爱。虽然人们都知道死亡是难以避免的，即便如此，他们仍然害怕死亡。难以避免的东西似乎总是遵循着某种规律。须知自有人在地球上活动时起，死亡之旅便不可阻挡地进行了，这一真理到了该被所有人懂得的时候了。当我们明白这一生不该被虚度，便能够除却对死亡的恐惧感；忠诚翻完生活的篇章，会给人留下一个祥和的封底。滴答……人死后留下来的只有他的事业。他的时刻与他的理想一同中断了，而接下来将要到来的是另

① 出自和合本《圣经·旧约·约伯记》第3章第23节。

一种严峻的时刻，即对他的生活所作出的评价。

七

滴答，滴答！

在这个错综复杂的世界上到处充斥着谎言和仇恨，但其实一切都是相当简单的。如果人们能够洞悉自己的内心世界并且拥有知己，那么这世间的一切将会更加简单。

除非他是一位伟人，否则一个人的力量总是渺小的。我们应该相互了解：我们的思想总归要比我们的话语明智、清晰很多。当我们想要在他人面前敞开心扉，却又深深感觉到言辞的匮乏，生活中很多伟大的、重要的智慧也因此被埋没，这正是由于我们不能及时找到所要的表达形式造成的。产生了一种思想，总是想把它用语言表达出来，尤其是清晰有力的语言……然后却没有恰当的言辞可供选择。

更加关注思想吧！给它的诞生增添助力吧！你们的这种付出是会得到很好的回报的。到处，所有的事物中都蕴含着思想——甚至石头夹缝中也会生出思想的光芒，只要你有着强烈的愿望。只要是人们想要获取的东西，就能够获得；只要他们想主宰自己的生活，就可以轻松地主宰，而不是如现在这般，成为生活的奴隶。只要拥有生活的强烈渴求，并且很自豪地洞晓自己身上所存在的力量，你的全部生活都将会成为充分表现精神力量的时刻，创造出惊人的神圣的丰功伟业的时刻——美妙而伟大。

八

滴答，滴答！

拥有坚强、勇敢精神的人们——献身于真理、正义和美的人们万岁！他们的高傲和不求奖赏致使我们不能与他们相识；我们也看不到他们是怎样欢快地燃烧着自己的内心。他们用那耀眼的光芒照亮生活，使盲人看到了光明。其实应该让更多的盲人看到光明，让所有人都可以清晰地洞察到他们的生活有多么荒谬，到处充斥着不公正、不合情理的事，并且对这样的生活产生恐惧和厌恶。能够做自己愿望的主宰者的人万岁！整个世界都深藏于他的内心，整个世界的痛苦，全人类的苦难都存在于他的内心深处。生活所衍生的罪恶和污浊以及谎言和残忍全都是他的敌人；他慷慨地倾尽了自己的一切，只为那一场场斗争。在他的生活中处处充斥着狂热的快乐、美妙的愤怒以及高傲到不屈不挠的精神……毫不吝惜自己——这才是世界上最让人为之自豪、最美丽的智慧光芒。向不吝惜自己的人致敬，万岁！这个世界只存在两种生活方式：要么腐烂，要么燃烧。前者往往为胆小鬼和贪婪的人所钟爱，而后者为勇敢者和慷慨无私的人所选择；任何一个热爱美好的人都知晓，伟大藏在哪里。

伴随我们生活的时钟是枯燥无味的；不要一味吝惜自己，让我们用那美丽的功绩去装扮它吧，只有这样我们才能充分地享受到那充满快乐与豪情的美妙时刻！向不吝惜自己的人们致敬！

鹰之歌

高尔基/文

在高高的潮湿的山谷里，蛇盘成一圈，望着大海。天空中，太阳高照，群山向天空喷出热气，海浪不断地冲击石头。山泉来了，沿着山谷，无惧黑暗，在飞沫中，伴随着巨大的轰鸣声，冲击着石头，向着大海奔涌而去。白练一样的山泉，来势汹汹，裹挟着泡沫，切开山岭，怒吼着冲入大海。

突然间，就在蛇所在的山谷里，一只鹰从空中直坠而下。鹰的胸膛受了伤，羽毛上沾染着血迹。鹰随着他短促的叫声坠落在地，带着无可奈何的愤怒，他的胸膛硬生生撞在坚硬的石头上。

蛇受到了惊吓，飞快地爬到了一边。但是，蛇马上就看出来了，这只鸟活不了几分钟了。他爬到受伤的老鹰跟前，轻声地问："你这是怎么了，要死了吗？"

"是啊，我就要死了。"鹰深深地叹息了一声说，"我曾认真努力地生活过，我知道幸福是什么样子的。我也曾英勇地战斗过，我见过天是什么样子！哦，你是不可能那么近地看到天的。唉，你这可怜的家伙。”“这没什么了不起的。天空洞得很，我为什么要在天上爬？我在这个山谷里就很好，多温暖，多滋润。”蛇如此回答。他觉得好笑，鹰不过是胡言乱语。而且，他又想到：“哼，飞也好，爬也罢，结果还不都一样，大家都得埋到黄土里，都要化为灰尘。”但是，那受伤的鹰忽然焕发了精神，微微地挺起身子，向山谷看去。水穿透了灰色的岩石滴落下来，山谷里阴暗潮湿，气闷不堪，弥漫着一股腐臭。鹰使出全身的力气，声音悲伤，痛苦地喊道：“啊，如果能够再到天上飞一次，那就太棒了！我要把敌人紧紧地压在我受伤的胸膛下，让我的血把他呛死！哦，战斗才是最幸福的事。”

听后，蛇又这么想：“天上的生活可能真的很快乐，要不然他怎么会这么说呢？”他对鸟儿建议道：“哎，这样，你看能不能挪到山谷边，然后跳下去。没准儿你的翅膀能把你托起来，你就可以再享受一下你所说的幸福生活了。”

鹰的身子颤抖了一下，发出了一声高傲的大叫，然后顺着石头上的黏液慢慢地滑到了悬崖边上。到了悬崖边上，他张开翅膀，吸足了空气，眼睛一下子有了光辉，然后向悬崖下滚去。可怜哪，翅膀被折断，羽毛纷飞。滚滚的山泉瞬间把他卷走，泡沫中泛着血，直向大海冲去。海浪发出阵阵悲伤的吼声，重重地撞击着石头，那鹰的尸体早已不见踪影。

山谷里，蛇静静地躺着，他在思考，关于那只鹰的死亡，关于鹰对天空那热情的向往。蛇痴痴地望着远方，那是总能令人产生幻想的地方："在这没有底也没有边的天空中，那死去的鹰看到了什么呢？他都要死了，还想飞上天空，这种对天空的热爱又是为什么呢？嘿，也许，只要我自己飞到天上一次，问题就有答案了。"蛇立即付诸行动。他盘成一圈，向天空跳去，蛇像一条又长又窄的带子，在耀眼的阳光下闪烁。

天生在地上爬的又怎么能在天上飞，蛇没有想到这一点。他非常不幸地掉在了石头上，幸好没有摔死。他不禁哈哈大笑："哈哈哈，看哪，飞到天上有什么好？莫非就好在会掉下来吗？嘿嘿，那只鹰真是可笑，他不了解地上的好，到了地上就发愁，拼了命要飞到天上去，要在那炎热的天空中过自己想过的生活。天上空空洞洞的，虽然很亮，但是没有食物，也没有能够支持活物立足的地方。真是，怎么那么高傲，有什么可抱怨的呢？为什么要用高傲来掩饰自己狂热的想法？自己无法生活下去，又有什么可抱怨的？唉，可笑啊可笑！不过，以后我再不会被骗了，我什么都明白了，我见过天了。我到过天上，并且把天空打量了一番，尝到了掉下来的滋味儿。我不但没有摔死，反倒更自信了。嗯，那些不喜欢地上的家伙，让他们靠欺骗过日子去吧。我知晓真理，我不会再信他们的说辞了。是大地造就了我，我还是继续靠大地生活吧。"于是，蛇自豪地在石头上盘了起来。

灿烂的光辉下，海面闪耀着金光，海浪不知疲倦地冲击着海岸。在海浪的怒吼声中，赞颂那高傲的鹰的歌声响彻天际。山岩在浪涛的冲击下开始颤抖，天空被浪涛雄壮的歌声震慑地开始战栗。我们歌颂勇士们那狂热的精神。那狂热的精神，即为生活的真理。啊，勇敢的鹰，你在和敌人的战斗中流尽了鲜血。但是，将来定会有那么一天，你那滴滴热血将像火花一样，在黑暗的生活中发光发亮。许多勇敢的心，将受到自由和光明的狂热的驱使而燃烧。你不会白白死去。在刚强勇敢的勇士们的歌声中，你将是鲜活的榜样，带领着勇士们去追求自由和光明。我们歌颂，歌颂勇士们狂热的精神！

热爱生命

蒙田[①]/文

某些词语在不同的情境中可以被赋予不同的意义。比如“度日”这个词，在天气不好，心情不佳的情境下，被看作是“消磨时光”；而在天朗风清，心情愉快的情境中，却可以理解为“享受时光”。

令我们感到烦忧的日子，我们可以飞快地“度”过，但是令我们感到美好的日子，则需要我们放慢脚步，用心感受。一些所谓的“哲人”总以为生命是用来消磨的，无视生命本身的美好，更无从谈起享受生命。然而我却觉得生命充满乐趣，值得让人歌颂。自然既恩赐了你生命，那么它定是优越无比的，我们也绝不该辜负自然的这种恩赐，虚度此生，即使是生命垂暮之时，我们也应该好好品味、珍惜生命。

① 蒙田（1533—1592），法国文艺复兴后期、十六世纪人文主义思想家、作家、怀疑论者。代表作品：《蒙田随笔全集》《蒙田意大利之旅》《蒙田随笔集》《热爱生命》等。

“很多人将希望全部寄托于来世，自己却在枯燥无味和躁动不安中度过一生。这岂不糊涂？”

生命的本质在于死。这倒不是说我被生之烦恼桎梏而产生的消极思想。相反正是因为我乐于生，热爱生活，才不会为最终要面临的死亡而烦恼。所以即使告别人生，我也毫不惋惜。享受生活是要讲究方法的。我们越是关心生活，就越是能感到生活的乐趣。我很高兴看到我比别人享受到了更多的生活乐趣。特别是在我感到自己的生命即将逝去之时，我更是想抓紧时间，用心去品尝转瞬即逝的时光，用我有限的生命去尽可能地延长那白驹过隙的时光。于是，生命越是短暂，就越显得丰富饱满、熠熠生辉。

健康是一种去生活的力量

凯瑟琳·曼斯菲尔德[①]/文

我的精神已经濒临崩溃，无力回天。我生命的源泉已经被堵塞，濒临枯竭。健康的恢复只是演戏而已，那全是我的伪装。已经发展到了何种程度呢？我还能走吗？还是只能匍匐爬行？我的双手或身体还能用来做什么呢？什么也不能。我现在是一个彻彻底底的废人。我的生命变成什么样了呢？像一只苟且偷生的寄生虫。在这过去的五年里，我受到的束缚比以往多得多。

此时，恰逢有人说可以帮助你——你怎么会迟疑呢？不再惧怕一切风险！将人言抛之脑后，不再听那些可恶的声音。为自己而战，哪怕是世界上最困难的事，为了自己积极地行动起来。正视事实。

可契诃夫已经死了，确实，他并没有这样做。就让我们这些

① 凯瑟琳·曼斯菲尔德（1888—1923），短篇小说家，文化女权主义者，新西兰文学的奠基人，被誉为一百多年来新西兰最有影响的作家之一。代表作品：《花园酒会》《幸福》《在海湾》等。

活着的人坦诚相待吧。我们能从契诃夫的书信中对他了解多少？能完全了解他吗？当然不能。他一生都对什么有着深切的渴望，而关于此的文字论述却几乎没有。你不相信吗？只要看看他最后的书信就知道了。如果能将那千丝万缕的忧愁和伤感从信件中找出来，那绝对是令人恐惧的存在，他已经放弃了生的希望。契诃夫已经被疾病吞噬，不复存在了。

但是，在那些健康的人看来，这些也许都是妄言。对于从来没有在这种路上走过的人而言，是无法深刻理解我此时的处境的。但哪怕只有我一个人，我也要勇猛地前行。生活从来就不简单。不论我们对生活的神秘性有多少猜测，但当我们真正投入到生活中时，就会发现我们对待生活的态度就像在对待儿童故事一样……

如果你要问，凯瑟琳，你现在明白健康的意义是什么了吗？你为什么要恢复健康呢？

那么我会告诉你：健康是一种力量，一种去过那生机勃勃、饱满、成熟的生活的力量，我要在与我所深爱的事物的密切接触中生活：我要在我爱的大地，以及大地创造的奇迹中生活；我要在海洋的滋润下生活；我要在太阳的照耀下生活。对于我来说，这就是永恒的世界。我想融入这个世界，做这个世界的一员，在这个世界生活，向这个世界学习，摈弃自己所有浅薄的思想和不好的习性，做一个有自我意识的真正的人类。我要学会由己及人，设身处地为别人着想，我要尽我最大的能力学到一切可学到的东西，只有这样我才能成为（在此我不得不停下笔，不停地思索着，企图找到一个更好的词，这毫无意义——我的脑海中只有一个词，即）太阳的孩子。“太阳的孩子”这五个字，将我想要表达的帮助别人、传播光明等都囊括在其中。

由此，我想要一份工作。一份用双手、感情和头脑创造价值的工作。这就是我要的生活。我想要一间小舍，外面有一个花园，我想要草地、动物、书籍、绘画和音乐。但我最想要的还是写作（哪怕我写的只是一个出租车司机，也是无所谓的）。

生机勃勃的、充满希望和光明的生活——它扎根于我的生命里，生长于我的血脉中——这是我所必需的，我必须尽我所能去争取，努力学习、深入感受、不断思索、不停行动。我不能有丝毫的懈怠。这些是我必须要做到的。

我为何而生

罗素[①]/文

我的一生被三种单纯而强烈的情感所支配：对知识的渴望，对爱情的追求，对人类苦难无法遏制的同情。这三种感情像一阵又一阵接连不断的飓风，吹过我动荡不安的生活；猛烈时，甚至会席卷过苍茫痛苦的海洋，直抵绝望的深渊。

我追求爱情的原因可归纳为三个方面。首先，爱情使人心醉神迷，这种奇妙的感觉深深地吸引着我，我甚至愿意把生命中其他的一切都拿出来，去换取仅仅几个小时的爱的喜悦。其次，爱情可以帮我摆脱孤寂——只有亲身经历过那种深深孤寂的人，才会明白冷酷的没有生命的无底深渊是多么可怕，那种情不自禁的战栗感是多么让人无助。最后，在爱得到回应时，我仿佛触摸到了古今圣贤和诗人们所描绘的天堂的缩影，而这正是我穷极一生

① 伯特兰·罗素（1872—1970），20世纪英国哲学家、数理逻辑学家、历史学家，和平主义社会活动家，无神论者。1950年，获得诺贝尔文学奖。代表作品：《幸福之路》《西方哲学史》《数学原理》《物的分析》等。

所追求的人生境界。或许这对于一般人来说并不是十分美好，但这确实是我通过爱情所获得的最终收获。

我曾经用追求爱情的感情追求知识，我想要深入了解人类的内心世界，也迫切想知道星星为什么能发光，同时我还渴望探究毕达哥拉斯的神秘力量。

爱情和知识可到达的高度和领域，总是能让我仿佛置身于天堂，但是对人类苦难的深切同情却把我拽回到现实世界中。那些痛苦的呼喊经常回荡在我的内心深处，那些处于饥寒交迫中的孩子，那些被生活压迫和折磨着的孤苦无依的老人，以及那些遍及全球的孤独、贫困和苦难，赤裸裸地讽刺着人类的生活理想。我渴望尽自己的绵薄之力，让这个世界少一些痛苦，但事实证明我失败得很彻底，因此我自己也陷入无尽的悲痛中。

这就是我充满惊喜、渴望和痛苦的一生，我从中发现了人活着的价值。对于我来说，一次生活的机会，是十分珍贵且难得的赐予。如果谁能再给我一次生活的机会，我将欣然接受并且万分珍惜。

论老之将至

罗素/文

虽然标题是“老之将至”，但本文真正要讲述的却是如何才能不老的问题。尤其到了我这个年纪，这个问题至关重要。首先，你必须要了解你的祖先，看看他们是否长寿。在这一点上，我还算满意。虽然我父母去世较早，但其余的那些先祖们却令人充满信心。除了六十七岁时逝世的外祖父之外，我的祖父母和外祖母都活到了八十岁以上。而那些关系稍远的亲戚，也大多都是非常长寿的，只有一个寿命较短——他死于被杀头，这种死因现在非常少见。我的曾祖母是吉本（英国著名历史学家，著有《罗马帝国衰亡史》等）的朋友，一直以来，我们这些子孙们全都非常敬畏她，她逝世那年，已经是九十二岁的高龄了。我的外祖母非常伟大，她一共生了十个孩子，其中九个活了下来，另一个早夭，此外她还数次流产。可是这一切并没有击垮她的意志，守寡之后，她马上投身于女性的高等教育事业。她是建于1869年的剑桥大学首所女子学院——格顿学院的创办人之一，她的目的是让女性学习医疗知识，为医疗事业做贡献。有一件事曾被她反复提起。她在意大利时遇到过一位面露哀愁的老绅士，她问他为什么总是愁苦着脸，老绅士说自己的两个孙子去世了。“上帝！”她不可思议道，“我孙子孙女加起来一共有72个，如果每失去一个我就悲伤得不得了，那我简直没法活了！”“你真奇怪，怎么会有你这样的母亲。”他回答说。但是，身为她72个孙子孙女中的一个，我非但不觉得她不好，反而更加喜欢她了。八十岁以后，外祖母开始有些难以入睡，午夜时分至凌晨三点，她经常阅读科普类书籍。那时我就想，也许她根本就没有留意到自己在衰老，因为她完全没有那个工夫。现在想来，我不得不说这是一种最有效的保持年轻的方法。如果你有广泛的兴趣，对兴趣有用不完的热情，无论做什么事情都能精力旺盛，那么你完全可以忽略自己的年龄，那只是统计学的一个数字而已，更没有必要去担心你的未来，要知道那也许不会很长久。

说到年老，另一个不得不提的问题就是健康，但非常幸运的是，这一生中，我几乎没有患过病，所以这方面我也就没什么可说的了。我都是想吃就吃，想喝就喝，想睡觉了就去睡觉。至于这是否对健康有所妨碍，谁管他呢——尽管我的喜好通常是对健康有益的。

另外，从心理上说，有两种思想是非常危险的，老年人一定要提高警惕。一种是陷入回忆中无法自拔。人不能过分沉湎于回忆当中，对过往的美好生活的怀念，或对去世之人的不间断的思念都不能作为生活的全部。我们应当把自己的精力投入未来，集中精力去做那些需要自己去做的事情。当然这对于一个人来说并非易事，因为那些往事的影响力也许还在不断地提高。人们总是认为，随着年龄的增加，自己的头脑不如过去敏锐了，情感也不如过去强烈了。要真是如此的话，我们就更应该忘掉那些往事了；而一个人如果真的可以忘掉那些往事的话，那些你认为的观点也许并不是正确的。

另外一种需要警惕的危险是对年轻人过分干涉，这种心理往往源于期望从这种行为中感受到蓬勃的生命力。一个人一旦长大成人，都会期望过自己想过的生活。如果此时你还像从前那样事无巨细地叮嘱他们，那么除非你的子女非常迟钝，否则你的关心对于他们来说就是包袱。当然，我并不是说我们不应该关心子女，而是说我们应该换一种更为含蓄的方式，如果可以的话，这种关心还应该是宽厚的，应该避免感情用事。对于动物来说，一旦它的幼子能够自立，那么它们身为父母的责任也就完成了。但在人类身上，因为漫长的幼年期，父母可能已经习惯了对子女的干预，反而很难做到一下子撒手不管。

我相信，如果一个人能够做到上面的要求，对某个事情具有浓厚的兴趣，能适当且恰当地安排时间和活动，并且能够控制自己的情感，不至于影响别人，那么他的老年生活是很容易成功度过的。而也只有这样的长寿，才是真正有意义的长寿；只有这样的长寿，才能将一个老人源于人生经验的智慧真正地运用到生活中。不要对你已经成人的孩子说什么告诫的话，避免他们犯错误，因为这毫无用处。且不说他们会不会相信你，错误本身就是教育的一种方式。但是，如果你不能控制自己的情感，一旦把心思从子女和孙子孙女身上移开，你就会感到生活空虚。如果真是如此的话，那么有一点你必须明白——哪怕现在你还能给予他们物质上的帮助，但你的金钱或者你亲手织出来的外套都不能使他们因你的陪伴而感到快乐。

害怕死亡已经成为很多老人的烦恼。年轻人害怕死亡，害怕自己没有机会体验生活中的种种美好，从而感到痛苦和恐惧是可以理解的。这种担心情有可原，并不是没有由来的。但是，一位历经沧桑，已经经历了人生的悲欢离合的老人再对死亡谈之色变，就是可悲又可耻的了。我认为，不断开发你的兴趣爱好，并学会控制自己的情感，将生活范围不断扩大，不局限于自己的小天地中，这样你就能融入大家的生活中，这同时也是克服对死亡的恐惧的最好办法。生活就像一条河，从细小的水流开始，一点一点汇聚，跨过巨石，穿过高山，冲下瀑布，慢慢地，河道越来越宽了，河岸更加广阔了，河水也变得平缓了。最后，河水舍弃自身，投入了大海的怀抱。如果一个老人能够这样解读自己的一生，那么他就不会再对死亡有所恐惧，因为他并没有消失，只是换了一种方式存在而已。而且，年老之后精力衰竭，疲倦的时间日益增加，长眠也并不是不能接受。相对于只能躺着床上，我反而希望自己在还能动的时候死去，而且知道那些我活着的时候拼尽全力但仍没有完成的事业已经有人继承，我死而无憾。

劳　　动

卡莱尔[①]/文

工作里面有一处永久的、高尚的、神圣的所在。一个人哪怕冥顽不灵，哪怕忘了他所承担的崇高使命，但只要踏实肯干，这个人便不到无药可救的程度。只有懒惰的人才永远没有希望。要想与自然融合统一，就要努力工作，拒绝贪婪卑吝。一个人想诚诚恳恳把工作做完的愿望会把人一步步带向真理，融入自然的使命与规则中去，而这些本身就是真理。

“你能够正确认识你的工作，并且尽自己最大的努力去做”，这便是我们所处的这个世界的福音。我们常常会听到别人说：“要正确认识自己”；看来你的心志被那个悲观的“自己”扰乱已不止一日；我敢肯定你永远也不会“认识”它的！所以，你尽可以不把“认识自己”这件事当作你的任务；你要把自己看

① 托马斯·卡莱尔（1795—1881），苏格兰哲学家、评论家、讽刺作家、历史学家。代表作品：《法国革命》《论英雄、英雄崇拜和历史上的英雄业绩》《过去与现在》等。

作一个完全无法去认识的人：一旦你认识到自己可以做些什么，那么就着手去做，而且是像赫鸠利斯那样拼尽全力去工作！这对你来说是不错的办法。

经书上有这样一句话："工作之中意义无穷。"一个人能够在工作中一点一点地完善自己。只有将杂草清理干净，庄稼才能更好地生长；只有将沟壑填平，繁华、富裕的都市才能建立起来。而身处这样的都市，也有助于自己开阔眼界，提高能力。要知道，一个人所从事的即使是最卑微的工作，但只要他认真地投入工作中，那么他的整个灵魂必然是真实而和谐的！怀疑、焦虑、欲望、伤心、懊恼、愤怒、失望等情绪，犹如来自地狱的恶魔，一口一口啃噬着每一个劳苦大众的灵魂，正如所有正被啃噬着的人一样：但只要他全心全意投入劳动中去，不为外物所动，那么所有这一切也就毫无作用了，那些恶魔也会离你而去，返回地狱。只有这样的人才是当之无愧的勇敢、坚毅的人。这样的人一定会被神赐的灵光所笼罩——这难道不是一种淬炼吗？只要你能够经受住考验，收获的将是脱胎换骨的变化。所有那些乌七八糟的东西都会在淬炼中消散，只留下愈加璀璨的自己！

就整个世界来说，命运塑造人的方式也只有这一种。混沌之初，地球是没有形状的，但它一开始转动，就成了圆形，而且随着转动，它会越来越圆；借助万有引力，地层、圈带等也慢慢地形成；这时的混沌已经不再是以前无形无状的混沌，而成了一个圆形的世界。你有没有想过，如果地球停止了转动，这个世界又会如何呢？在地球这片茫茫大地之上，只要它一天不停止转动，消灭所有不平等、不规则事物的脚步便一刻也不会停止；那些不规则的东西就是在这样日复一日、日积月累的改变中变得合乎规则。你留意过陶瓷工人所使用的转盘吗？——那是一件非常为人所推崇的工具，它历史悠久，甚至比先知以西结[①]更为古老！在迅速的旋转中，一块块粗糙的陶泥被拉制成形状优美的圆盘。离开了转盘，哪怕是最勤奋的陶工，如果只依靠双手的揉捏，想要烧制出精美的盘子或其他精美的瓷器，也几乎是不可能完成的任务！如果把命运比作陶工，那么我们自己就是那个转盘，如果我们自己不转动、不工作，那么命运这个陶工即使再勤奋、再技术纯熟，也和其他平庸而懒惰的陶工没什么两样，他手中的陶泥也不会捏烧成器；届时即使用最好的颜料、选择最艳丽的色彩，甚至于彩釉镶金，这块陶泥也不会变成一个精美的盘子；它充其量只不过是一个凹凸不平、胡乱捏造、坑坑洼洼、歪歪斜斜、毫无美感的一块滥坯而已——虽然彩釉其外，实则器皿之耻！对于此，怠惰的人一定要引以为戒。

一个人能从事一份适合自己的工作是一种福气，此外，他不应该再对其他福祉有所奢求。一个人一旦得到了它，有了为之奋

① 以西结，公元前六世纪以色列地方的先知，被称为犹太教之父，著有《以西结书》。

斗终身的工作，那一定要矢志不渝地坚持下去。这种坚持犹如一股磅礴的力量，能冲破命运的泥沼，开凿出希望的运河；这种坚持犹如一条奔腾不息的运河，在夜以继日、一往无前的冲刷中拓宽自己的河道，并把所过之处所有的毒液污水也一并带走，使谈之色变的沼泽成为人人向往的生机勃勃的丰美草原。这时，这个草原水量的多少，价值几何都不是最重要的，最让人动容的是沼泽变为草原这一本质的改变。劳动是生命价值得以体现的重要方式，一旦开始工作，一种与生俱来的力量就会从工作者的内心深处迸发出来。一种可以称之为生命精华的东西，也会从他的灵魂深处缓缓流淌而出，并被牵引着进入一个高尚之地——知识之境地，不论是“自我知识”，还是其他的更多的知识。需要注意的是，这里所说的知识，是指可以在工作中产生一定效益的知识。这是自然本身所信奉的东西。严格来说，除了劳动中所获得的知识之外，你并没有学到其他知识；至于没有效益的知识，在这里不过是关于知识的一个假说而已。只要我们没有真正对其给予肯定，那它就只不过是学校里尚未定论的东西而已，只不过是沉浮在逻辑的旋涡里无法挣脱的虚无缥缈的东西而已。“你所怀疑的一切，只有行动才能解决。”

观　舞

高尔斯华绥[1]/文

某天下午，一个朋友邀我到一家剧院欣赏舞蹈。幕布拉开后，除了那高高垂落的灰色幕布外，台上空荡荡的什么也没有。一会儿，十多个女孩子单独地或一对对地从那厚重的幕布的褶皱处翩翩而出。这些女孩子中，最小的看起来只有七八岁，最大的也不过十三四岁。她们的舞蹈衣很单薄，胳臂、腿和脚裸露在外。她们的头发披散着，端庄的面孔中流露出一丝笑意，显得非常和蔼可亲，仿佛能把人带到苹果仙园中去，又让人感觉身体轻盈无比，跟不存在似的，只有灵魂在那缥缈的仙境中畅游。她们之中，有的孩子看起来白皙而丰满，有的棕褐而匀称；她们全都欢快愉悦，天真无邪，一点儿也不会让人觉得矫揉造作，尽管她们的每一个动作无不在彰显着她们受过严格的训练。她们的每一个跳跃，每一个转身，无不流露出对生命的喜爱，那感情真挚到

---

① 约翰·高尔斯华绥（1867—1933），英国小说家、剧作家。20世纪初期英国现实主义文学的代表作家。代表作品：《福尔赛世家》《现代喜剧》等。

让人觉得这不是精心编排的舞蹈，而是兴之所至，随心而动——舞蹈对于她们来说就像呼吸一样轻松而自然，不因为演出或排练而有所区分。在她们的舞蹈中，丝毫没有东扭西捏、惺惺作态之感，也不见拖泥带水、随心所欲的动作；呈现在人们眼前的只有节奏、音乐、舒畅和(尤其是)欢乐。她们的舞蹈是在爱与笑中形成的，如今，通过那一张张笑靥如花的脸，通过那一个个轻盈而灵动的转身，她们又把爱与笑传递给台下的每一个人。

虽然这些女孩子都非常可爱，但有两人却尤其吸引我的注意。其中一个是那个一身褐色皮肤、腰非常细的女孩子，她也是她们中长得最高的。她的每一个表情、每一个动作都透出一种庄重而不失火辣的热情。

她在其中一出舞蹈节目中扮演一位美童的追求者，说到这里就不得不提一句，这个美童非常妩媚，这种妩媚充斥着这个美童的每一个动作。这是怎样一场追逐啊——宛如在睡莲旁边嬉戏舞蹈的蜻蜓，又如对着明月吐露衷肠的暮春夜晚——处处透露着一种摄人心魂的动人情感。这个有着棕褐色皮肤的女孩子，就像一位热情如火的女猎手，携带着对世间一切最美好事物的渴求，深深地烙印在人们心中。当她在对情人的追求中求而不得，流露怅惘和迷茫的表情时，透过那纠结而悲伤的神态，隐隐之中我们仿佛看见了那横行整个世界而永不衰竭的神秘而强悍的力量——就像那永远处于毁灭中的悲剧，在毁灭中一寸寸扎根而生。

另外一个身材稍逊，浅棕色头发，头上戴着白花半月冠的女孩子也同样令我着迷不止。她身着短裙，在花瓣中起舞，衣袂飘飘，仿若成仙。这完全不是儿童所能表现出来的舞蹈境界。伴随着头颅和腰肢的律动，一簇簇圣洁的火焰在她那玲珑的身躯上燃烧。尤其是那一小段“独舞”，那律动的节奏将她的热情展现得淋漓尽致。在观舞者看来，仿佛有一团喜气从天而降，在舞台上上久久凝聚。顿时，台下观众啧啧称奇，赞叹之声不绝于耳，如雷般的掌声久久不能平息。

我看到了我的朋友抬起了手，悄悄地用指尖将眼边的泪拭去。而我自己，也不禁有些飘飘然，世界都被一种欢快的气息笼罩，变得不真实了；我觉得一定是舞者那圣洁的火焰点燃了我的世界，否则怎么会到处都是金灿灿的呢？

这是一股怎样的力量啊，能够在我们干涸的心田注入喜悦的激流！这股力量来自哪里？这力量又能持续多久呢？大概只有上帝才能知道吧！这种力量同色泽浓郁厚重的画作、曲调优美的乐曲等伟大的艺术创作，或风和日丽的天气、无边无际的大海等自然的馈赠一样，能让人的心灵摆脱桎梏，盈满喜悦。

第二章

光荣的荆棘路

虚荣的紫罗兰

纪伯伦[①]/文

在幽静的花园中，有一株紫罗兰。她长着好看的小眼睛，花瓣娇嫩。在茂密的草丛中，她显得娇小而满足，她愉快地摇摆着，生活在女伴中间。

一天清晨，头戴露珠缀成的王冠的她抬起头环顾四周，发现一株玫瑰。玫瑰亭亭玉立，雍容端庄，让人想到那绿宝石的烛台上燃着的鲜红的小火苗。

从紫罗兰那天蓝色的小嘴里发出了一声叹息："在这充满香气的草丛中，我是多么微不足道啊。在这么多的花中间，几乎没人能看得到我，真是造化弄人，让我这般渺小可怜。我没有力量，不能像玫瑰那样面向蓝色的天空，面向温暖的太阳，我只能紧贴着地面生长。"

① 纪·哈·纪伯伦（1883—1931），黎巴嫩作家、画家，被称为"艺术天才""黎巴嫩文坛骄子"，是阿拉伯文学的主要奠基人，20世纪阿拉伯新文学道路的开拓者之一。代表作品：《先知》《泪与笑》《沙与沫》等。

玫瑰听到紫罗兰如此说，笑得颤动着身子，她说："你这小花真是愚蠢啊！你完全不明白自己的幸福所在，造化赋予你美貌、芬芳和娇嫩，这可是其他的花朵从来没拥有过的。你应该满足了，那些错误的想法和不切实际的幻想最要不得了，要明白，欲望过多，就会失去所有。"

紫罗兰反驳道："呵，玫瑰，你这样说不过是在安慰我，因为我幻想得到的一切，你都拥有。你那么美好，你聪明地运用话语来粉饰我的渺小。但是，那些幸运的人说的安慰之词对于不幸的人来说，又有什么意思呢？强者对于弱者的说教，总是残酷无情的！"

造化听到了玫瑰与紫罗兰的对话，觉得很奇怪，便高声问道："哦，我的紫罗兰，你这是怎么了？你一向温柔、谦逊又充满耐心，我是了解的。莫非现在你被空虚的欲望和无谓的骄傲控制了？"

紫罗兰哀求道："呵，我的母亲，你从来都是至高无上、悲悯众生的！我心怀感恩，希望你能答应我的请求，把我变成一朵玫瑰吧，哪怕只有一天！"

造化回应了紫罗兰："你不明白你的请求意味着什么。你哪里知道，华丽的外表下会暗藏着难以预料的灾祸啊。我可以使你的躯干长长，可以改变你的容貌，将你变成玫瑰，就怕你到时后悔。可是那时后悔也于事无补了。"

紫罗兰说："呵，我想变成玫瑰！变成一株高大的玫瑰，可以骄傲地抬起头！不管以后会发生什么事，我都会自己承担的！"

造化无奈地说："呵，愚蠢执拗的紫罗兰，我马上帮你实现你的愿望！但是，如果不幸的灾难突然降临到你的身上，你不要怪罪别人！"

造化用她那无形的魔指在紫罗兰的根上轻轻一触——瞬间，紫罗兰变成了玫瑰，娇艳盛放，傲视群芳。

午后，天空突然乌云密布，旋风也刮了起来。一时间，电闪雷鸣，风雨交加。狂风和暴雨组成一支军队，声势浩大，气势汹汹地向园林扑来。园林遭到了无情的袭击，树枝被折断，花茎被扭弯，傲慢的花朵被连根拔起。那些隐藏在岩石缝里的和紧贴着地面生长的花草是多么幸运，他们还活着，而其他的都完了。

雨住了，风停了，花儿们却一片惨状——满园零乱，她们的形体如同尘埃，唯有那藏身于篱边的紫罗兰安然无恙，她们在这场风暴的袭击中幸免于难。

一株紫罗兰抬起头来，看到其他花草树木的惨状，微微一笑，连忙招呼其他伙伴儿："看哪，那些自负美丽的花朵被暴风雨变成了什么！"

又一株紫罗兰说："因为我们紧贴着地面生长，所以才躲过了这场灾难。"

第三株紫罗兰喊道："我们虽然脆弱，但是暴风雨并没有将我们打倒！"

这时候，紫罗兰皇后向四周打量了一圈，突然看到那株昨天还是紫罗兰的玫瑰。狂风将她从泥土里连根拔起，抛在湿漉漉的草地上，花瓣也被狂风带走。现在她瘫软在地上，仿佛被敌人的箭射中了一般。

紫罗兰皇后将身子挺直，小叶片全部伸展开来，她招呼其他的紫罗兰说："我的女儿们，你们看哪！看看这个可怜的家伙，为了炫耀自己美丽的容貌，她一心想变成一株玫瑰，哪怕只有一个小时。眼前的景象就是你们应该吸取的教训。"

奄奄一息的玫瑰使出最后的力气，声音微弱地说："我告诉你们，你们这些愚蠢的花儿，瞧你们，被这场暴风雨吓得魂儿都掉了！昨天，我像你们一样，躲在这绿油油的茂密的草丛里，对自己的命运很满足。这种满足使我免遭生活中暴风雨的折磨。这种安全，包含我生命的全部意义，即使是卑微的生存，我从不希求比这更多一点的安宁与享受。呵，我本应该与你们一样紧贴着地面生长的，冬季来临被积雪覆盖，与你们一同接受死亡，进入那虚无的宁静。然而，我这么做，是因为我不明白生活的奥妙，对于这种奥妙，紫罗兰永远也不会明白。之前，我总是克制自己的欲望，不去想那些受到造化恩宠的花儿。但是，深夜来临，世界陷入寂静，我听见一个声音，来自比我们的世界更高级的世界：‘生活的意义在于追求比生活更高远的东西。’这时我的内心开始反抗自己。我殷切地盼望自己能够去到那更高远的地方。终于，我的内心反抗成功，我开始追求我不曾拥有的那些东西，化愤怒为力量，内心的向往变成了坚定的意志。那时，我向造化发出请求——你们要明白的是，造化不过是我们内心的一种神秘的幻觉——我请求她将我变作玫瑰。我实现了自己的愿望，她答应了我的请求，如同她总是用欣赏和鼓励的手指变换自己的素描和设计一样。”

玫瑰停顿了片刻，然后神情骄傲地补充道：“我成为一株玫瑰的时间仅仅一小时，但我像皇后般度过了这一个小时。我用玫瑰的眼睛观察世界；我用玫瑰的耳朵倾听自然的私语；我用玫瑰的花叶感受光的变幻。你们中间有谁能够像我一样有过这样的享受？”

玫瑰的头低了下去，喘气已经困难，又说道：“我很快就要死去，我要死了。但我心中有一种作为一株紫罗兰从没有体验过的感受。我虽然要死了，但我了解了，我有限的生命中还隐藏着什么。这就是生活的意义，这就是生活的真谛——无论白天黑夜，隐藏在机缘之后的意义。”

玫瑰将自己的叶子卷了起来，微微地叹息一声，便死去了。她的脸上带着微笑，因为愿望得以实现，因为胜利，因为上帝——她笑得超凡绝俗。

碑　　铭

帕乌斯托夫斯基[①]/文

一位作家“只有当他确认自己的良心和邻居的良心完全一致的时候，才能感到真正的欢愉”。

——萨尔蒂科夫·谢德林[②]

我住在海滨的沙丘上，那里有一栋小房子。皑皑白雪覆盖了整个里加海滨。积雪从高耸的松枝上纷纷扬扬地飘落，散成粉末。雪不断地飘落，有时候是风吹的，有时候是因为有松鼠在松枝间跳动。当四周一片寂静时，能够听到松鼠在剥松球。

我住的小房子紧临海边。如果想看海，出了篱栅门，路过一

① 康斯坦丁·格奥尔吉耶维奇·帕乌斯托夫斯基（1892—1968），苏联作家。代表作品：《金蔷薇》《雪》《烟雨霏霏的黎明》等。本篇出自《金蔷薇》，此篇又被译为《摩崖石刻》。

② 萨尔蒂科夫·谢德林（1826—1889），俄国杰出的现实主义作家，曾一度与陀思妥耶夫斯基等作家一起称霸俄国文坛。代表作品：《庞巴杜尔先生和庞巴杜尔太太》《塔什干的老爷们》《戈洛夫廖夫老爷们》等。

栋无人居住的别墅，还要走过一段雪中的小径。

这栋别墅的窗户上，还挂着夏天用的窗幔，微风有时会轻轻拂起窗幔。这风一定是从那些看不见的缝隙吹进去的，别墅空无一人，可是从远处看，像是有人掀起了窗幔，悄悄地窥视路人的行踪。

海并没有封冻。雪一直延伸到海的边缘。雪地上野兔的足迹清晰可见。

当海浪从远处涌来的时候，听见的并不是海浪冲击海岸的声音，而是冰发出的咔嚓声和雪向下陷落的沙沙声。

冬天的波罗的海阴沉、荒凉。

拉脱维亚人称波罗的海为“琥珀之海”。也许，这不只是因为波罗的海出产大量的琥珀，还因为海水的颜色看上去有点儿像琥珀。

天际从早到晚都笼罩着浓重的烟雾。海岸的轮廓延伸至天际，消失在烟雾中。在海上，在这烟雾深处，有很多条白色的毛茸茸的带子落了下来——那里正在下雪。

今年，大雁来得有些早，它们时不时哀鸣着落到海面上。大雁焦灼的叫声在海岸上传得很远，然而并没有声音应和——在冬天，沿岸的森林中几乎见不到一只鸟。

白天，我在房子里的生活一如既往。花瓷砖壁炉里劈柴噼啪作响，打字机的声音生涩喑哑，少言寡语的女佣莉莉娅坐在舒适的前厅织着花边。一切都非常自然，一如往常。

但是，一旦夜幕降临，房子就被地狱般的黑暗笼罩，房子与松林紧挨到了一起。当你从灯火通明的前厅走到外面的时候，面对这黑夜、大海和严冬，忽然间你会觉得十分孤独。

千百里外的海面色浓如铅，不见一点儿灯火，也听不到一丝海浪的声音。

我的小房子仿佛是最后的一座灯塔，屹立在烟雾深重的深渊边。这里就是天涯海角。因此，屋子里的灯静穆地燃着，收音机放着歌，柔软的地毯消去了脚步声，令人奇怪的是，桌子上放着摊开的书籍和稿纸。

从这里向西，在烟雾层层的文茨皮尔斯①那边，有个普通的小渔村。小渔村里的房子是低矮的小屋，炊烟也低低的，黝黑的汽艇被拉到了沙滩上，家家都养着毛茸茸的容易受骗的狗，渔网被晾在风中。

千百年来，拉脱维亚的渔夫一直住在这个村子里，世代生息繁衍。经历了风吹雨打，那些结实的老太婆，个个裹着厚实的大围巾，从前她们都曾是发色淡黄、双眸羞涩、说话如莺声燕语般的少女；那些须发蓬松的老头子，双眼沉静地瞪着一切，从前都曾是头戴帅气的鸭舌帽、脸颊红润的少年。

---

① 文茨皮尔斯，位于拉脱维亚西北部波罗的海沿岸的一座城市，波罗的海沿岸的终年不冻港。

但是，渔夫们和千百年前一样，去海上捕捞鲜鱼。与千百年前一样，也不是谁都能平安地归来。尤其是秋天，当风暴来临的时候，波罗的海波涛汹涌，像魔鬼的锅子一样翻腾着寒气逼人的浪花。

然后，无论过去发生过什么，也不管多少次不得不为那些死去的伙伴摘下帽子，人们依然继续他们的事业，那充满危险、祖辈相传的沉重事业。不能向大海低头。

小渔村附近的海上有块巨大的圆形花岗石。很久以前，渔夫们在这块石头上刻下了一行字："纪念那些所有死在海上和即将死在海上的人。"这行字从很远的地方就可以看见。

当我知道渔夫们在这块石头上刻下了这样的碑铭后，我很忧伤，因为这和墓志铭一样。而那位向我讲述此事的拉脱维亚作家却并不同意我的想法，他摇头说：

"恰恰相反。这一行题词是非常雄壮的。它表明了人们无论如何都要继续自己的事业的决心，决不投降。我倒觉得这行题词可以当成所有讲述人类劳动和顽强精神的书的题词。这行题词对我的意义大约是这样的：'纪念那些征服了大海和即将征服大海的人。'"

我赞同他的话，并且认为叙述作家劳动的著作也适合用这行题词。

向困难屈服，遇到阻碍就退缩，这对作家来说，决不可以。

他们无论如何都必须继续他们的事业——祖辈留下的、当代人交付给他们的事业。难怪萨尔蒂科夫·谢德林这样说："如果文学沉寂了，哪怕是一分钟，都无异于人民的死亡。"

作家的工作既非手艺，也非职业，而是一种使命。当我们对某些字进行考据，探究它们的发音本质时，我们就能发现这些字的原始意义。"使命"这个词来自于"召唤"[①]。

从来不会有一种工作去号召一个人当手艺工匠。只有艰巨的任务方能号召人去完成天职。

究竟是什么促使作家从事那种时常令他感到痛苦却又充满美妙的劳动呢？

内心的召唤必定是最重要的。真正的作家从不吝啬把洋溢在其身上的丰富的思想感情慷慨地献给众人，不会在大地上满怀谎言地虚度一生，因为良心和信仰不容许他们这样做。

如果不能使人的视力变得更加敏锐，就不能算一位作家。

一个人成为作家不只是因为内心的召唤。我们更多是在青春时期，听到了自己内心的声音，因为那时候，我们的心灵世界还没有变得混乱。

但是到了成年时期，在内心的召唤声音之外，我们又能够清晰地听到另一种崭新的强烈的召唤——时代的召唤，人民的召

① 俄语中，"使命、责任"源于"召唤、呼唤"。

唤，人类的召唤。

受使命驱使，出于自己内心的冲动，人不仅能创造奇迹，更能经受住最沉重的考验。

荷兰作家爱德华·戴克尔[①]的经历就是一个例子。“穆尔塔图里”是他的笔名，在拉丁语中，这个词的意思是“备尝心酸之人”。

令人遗憾的是，他的优秀作品失传了，这正是我想说的。

可能正是这阴沉沉的波罗的海的海滨，使我想起了戴克尔，因为他的祖国——荷兰的海滨，也紧靠着相似的北方的海，同样黯淡。他痛苦而愧疚地谈到他的祖国：“我是荷兰的子民，我是地处佛里斯兰和斯海尔德河之间的强盗之国的子民。”

然而，在这些文明强盗的国家中必定没有荷兰。他们只是少数，而且他们也不能够代表人民。它是热爱劳动者的国家，是叛逆的乞食团[②]和梯尔·乌兰斯比格[③]的后裔的国家。直到今天，

---

① 爱德华·戴克尔（1820—1887），笔名“穆尔塔图里”，荷兰小说家，散文家。

② 叛逆的乞食团，16世纪荷兰资产阶级革命时代，最初是指从1565年开始反对西班牙统治荷兰贵族的称号，后来则是对在陆地、海上与西班牙人开展游击战的人民起义者的称呼。

③ 梯尔·乌兰斯比格，法兰德斯人民英雄。他的父亲克拉阿斯死于火刑，梯尔便将父亲的骨灰缝在囊中，终生挂在胸前，此后“克拉阿斯的尸灰”则变成了为人民复仇的象征。故事详见比利时作家查理·得·科斯忒著乌兰斯比格逸闻录。

“克拉阿斯的尸灰”仍然在敲打着众多荷兰人民的心，也敲打着穆尔塔图里的心。

穆尔塔图里出身名门，大学毕业成绩斐然，很快出任爪哇的行政官，没过多久，甚至出任这个岛上的某个州的驻扎官。前面等着他的可能是总督之职，以及荣誉、财富与奖赏。然而，“克拉阿斯的尸灰敲打着他的心”，于是，这些幸福都被穆尔塔图里舍弃了。

他以罕见的勇气和顽强的精神，想从内部将荷兰当局和大商人全部炸毁，以解除他们对爪哇人民长期的奴役。

他一直保护着爪哇人民，使他们免受欺凌。并且他严酷地惩罚了那些诈取者。他嘲笑着总督与他的心腹，当然这些人都是善良的基督教徒，他们拿基督对邻人之爱的教义为自己的行为做辩解。没有理由能够驳倒穆尔塔图里，但是却能毁灭他。

当爪哇人民奋起反抗的时候，穆尔塔图里与反抗者站在一起，因为“克拉阿斯的尸灰继续敲打着他的心”。他描述着这些容易上当受骗的孩子，同时，他也愤怒地揭发了自己的同胞，这一切源于他对爪哇人民的深爱。

荷兰将军们在军事方面的卑劣行径，被他无情地揭穿。

爪哇人民非常讨厌污秽，喜欢清洁。连这个特点也被荷兰人利用了。

士兵们得到命令，冲锋的时候，就把粪便扔到爪哇人的身上。即使面对残酷的枪林弹雨，爪哇人民都毫不畏惧，但爪哇人民无法忍受这样的战斗方式，他们退却了。

穆尔塔图里被撤职，回到了欧洲。

为了能让爪哇人民受到公正的待遇，他和荷兰国会力争了很多年。他四处宣讲着这一主张，并且还给国王和大臣们写了请愿书。

但一切都是徒然。他们对于他所说的话很不耐烦，只是勉强听着。没过多久，人们就开始说他是个危险的怪物，是个疯子。他到处都找不到工作，家人跟着他一起挨饿。

在那个时候，穆尔塔图里开始写作，他听从了自己内心的声音，换句话说，他是顺从了那早已存在于他体内的模糊的使命，虽然那时他还不太清楚究竟能做些什么。他写了一部长篇小说《马格斯·哈弗拉尔》，里面描述了荷兰人在爪哇的所作所为。但这只是个开头。这部小说对他而言，好像是在探索那对他来说尚不能稳定发挥的文学技巧。

他的第二部作品让人看到了惊人的力量。这种力量源自穆尔塔图里对自己的正义性的绝对相信。

在这本书中，有的章节描写得像是看到了骇人听闻的不公正的事情的一个人在抱头凄厉地叫喊着；有的章节描写得像是讽刺的寓言，辛辣而又充满机智；有的章节描写得像是对心爱的人的温柔抚慰，基调哀伤而又幽默；有的章节像是最后的尝试，使那天真的儿童时代的信念复活。

“不存在上帝，因为上帝本该是善良的，”穆尔塔图里写道，“对穷人的掠夺究竟何时才能停止！”

他要去外面寻找出路，离开了荷兰。因为没有多余的钱，只能让他的妻子和孩子们留在阿姆斯特丹。

这个备受苦难、与高贵的社会格格不入的人，辗转于欧洲的各个城市，同时他不断地写作。他几乎没有收到过妻子的来信，因为她没钱买邮票。

他时时刻刻想念着妻子和孩子们，尤其想念那个蓝眼睛的小男孩儿。他担心这个男孩儿忘记了对人们报以信任的微笑，他恳求大人们，不要使他过早地流出眼泪。

没有人愿意出版穆尔塔图里的书。

但是，毕竟发生过一件事！荷兰有一家大出版社愿意买下他的书稿，而条件是不允许他在别的地方出版。

疲惫不堪的穆尔塔图里最终同意了这家出版社的要求。他回到了荷兰。他们只给了他少得可怜的一点钱，而书稿并没有出版。他们买下书稿，也只是为了解除他的武装。在这个火药桶还没有拿到他们手里的时候，荷兰政府和荷兰的商人都无法安心。

没有等到正义的到来，穆尔塔图里便去世了。其实，他还可以写出更多优秀的作品——那些作品不是用墨水，而是用他的心血写就的。

他牺牲了，他曾用尽浑身解数全力地斗争过。但他只是“征服了海”。在独立的爪哇，在雅加达，可能不久就会给这位可敬可佩的殉难者立上一块纪念碑。

这就是一个人将两种伟大的使命融在一起的人生。

在疯狂地忠诚于自己的事业这方面，穆尔塔图里不乏同道——同样是荷兰人，并且与他在同一时代，他就是艺术家文森特·梵·高[1]。

恐怕没有谁像梵·高这样为了艺术而倾尽一生。他曾希冀在法国创立一个“艺术家协会”——一个特殊的公社，在这里，谁都无法让他们放弃绘画。

梵·高历经苦难。在《吃马铃薯的人》和《囚徒的散步》这两幅画里，他已经沉沦到人类悲哀的深渊。他认为，艺术家的事业就是对抗苦难，并用尽全部力量和所有才干。

创造快乐是艺术家的事业。梵·高用他最擅长的手段——色彩——创造了快乐。

在他的画布上，大地改变了原来的样貌。他手中仿佛有一种神奇的水，将大地洗得一片清净，闪耀着明朗浓艳的色彩，每一株老树好像都变成了雕塑，而每一片紫苜蓿地，仿佛都变成了阳光化成的无数质朴美丽的花环。

---

① 文森特·威廉·梵·高（1853—1890），别名“梵高”，荷兰后印象派画家。代表作品：自画像系列、星空、向日葵系列等。

他用自己的意志将那无穷的变幻留住，为的是让我们能够深刻地感受到颜色之美。

至此，还能说梵·高对待别人是冷漠无情的吗？他把自己最美好的东西——在这闪烁着缤纷的色彩、进行着最微妙的变幻的大地上生活的能力——奉献给了人类。

他一贫如洗，高傲而不切实际。他将最后一块面包与那些漂泊无依的人分享，他根据自身经验清楚地知道，什么是社会的不义。他蔑视一切廉价的成就。

当然，他并非战士，其英雄主义的表现就是疯狂地相信劳动者——农民与工人、诗人与学者——具有美好的未来。他不是战士，但他想把自己的一份力量奉献出来，给那未来的宝库，而实际上已经献出——赞颂大地的画作。

美的形式多种多样，梵·高仅选择了一种：色彩。色调的和谐无可非议，这是属于大自然的特征，这些色调的变化没有穷尽，这时刻不停转换但春夏秋冬依然处处美丽的大地的色彩……这一切每时每刻都使他目眩神迷。

是时候改变我们的态度了，应该公正地对待梵·高，以及弗鲁贝尔[①]、鲍里索夫-穆萨托夫[②]、高更[③]等其他众多的艺术家。

凡是可以丰富人类内心世界的东西，凡是可以提高人类感情生活的东西，我们都是需要的。这个人人皆知的真理难道还需要证明吗？

事实上，我们正是所有时代和所有国家的艺术的拥有者。美不会因谁的意志而存在，那些因此而痛恨美的伪君子，应该被驱逐出去。

请原谅，我离开文学领域而涉笔绘画。在我看来，各种艺术形式都能够帮助作家提高写作技巧。后面我会再谈这个问题。

责任感不可以丧失。不管是冷静的思考，还是文学的经验，都不能代替责任感。

如果能够正确地理解作家的才干，那么其中就不会存在那些不足为道的怀疑论者企图生硬加入的性质——虚伪的热情以及作家对自己特殊作用的浮夸看法。

---

① 米哈伊尔·亚历山大罗维奇·弗鲁贝尔（1856—1910），俄罗斯象征主义画家。代表作品：《安坐的恶魔》《天鹅公主》等。

② 维克多·鲍里索夫-穆萨托夫（1870—1905），19世纪末到20世纪初俄国兴起的现代艺术思潮“艺术世界”派的代表画家之一。“鲍里索夫-穆萨托夫”是作为艺术家的祖父希望他未来能够继承艺术，而起的双重名字。代表作品：《水库》等。

③ 保罗·高更（1848—1903），法国后印象派画家、雕塑家，与梵高、塞尚并称为后印象派三大巨匠。代表作品：《我们从哪里来？我们是什么？我们到哪里去？》《黄色的基督》《游魂》等。

例如，普里什文[1]就是一个负有作家使命的人，这一点丝毫不用怀疑。他为这个使命献出了一生。而他说过这样一句至理名言："作家最大的幸福就是，不把自己当作一个特殊的、孤独的人，而是做一个与其他人一样的普通人。"

① 米哈伊尔·米哈伊洛维奇·普里什文（1873—1954），又名"普里希文"，20世纪苏联著名作家，被誉为"伟大的牧神""完整的大艺术家""世界生态文学和大自然文学的先驱""俄罗斯语言百草"。代表作品：《恶老头的锁链》《大自然的日历》等。

光荣的荆棘路

安徒生[①]/文

从前，流传着一个古老的故事：“光荣的荆棘之路：一个名叫布鲁德的猎人获得了无上的荣誉和尊严，但是他在很长的时间里总是遇到极大的困难，连生命也处在危险当中。”我们很多人在很小的时候都听说过这个故事，可能长大后还会读到，而且令我们想起自己那不曾被人赞颂过的“荆棘之路”和“极大的困难”。故事和现实并没有什么实质的分界线。不过，这样的故事通常都会有一个快乐的结局，而真事往往在今生看不到结果，直到那永恒的未来。

世界的历史就像一个幻灯一样。它在现代的黑暗背景之上，放映着明朗的影片，而那些为人类造福的善者和天才的殉道者所走的荆棘之路就此呈现。

① 汉斯·克里斯汀·安徒生（1805—1875），丹麦19世纪童话作家，被誉为“世界儿童文学的太阳”“现代童话之父”。代表作品：《海的女儿》《拇指姑娘》《卖火柴的小女孩》《皇帝的新装》等。

每个时代、每个国家经由这些光亮的图片在我们面前展开。虽然每张图片只有几秒钟，但是它代表了一个完整的生命周期——充满战斗和胜利的一生。让我们来看看殉道者的行列中都有谁——这个行列永远不会穷尽，除非这个世界毁灭。

我们现在去一个挤满观众的圆形剧场看看吧。充满讽刺意味的幽默语言如潮水般从阿里斯托芬[①]的“云”里喷涌而出。雅典最令人钦佩的一位，此刻正在戏台上，从身体到精神都受到了嘲讽。他是保卫人民的战士，曾经反抗过三十个暴君。他叫苏格拉底[②]，在混战中他救了阿尔基比阿德斯[③]和色诺芬[④]，他的智慧和才干超越了古代的神。他本人正在场内。他从观众席的凳子上站起身来，向前面走去，他要让那些大笑不止的人看看，他本人和戏台上那个被嘲讽的对象究竟有哪些相同之处。他站到观众的面前，高高地站在那里。

---

① 阿里斯托芬（约公元前446—前385）古希腊早期喜剧代表作家，被称为“喜剧之父”。与哲学家苏格拉底、柏拉图都有往来。代表作品：《阿卡奈人》《鸟》等。

② 苏格拉底（公元前469—前399），古希腊著名的思想家、哲学家、教育家、公民陪审员。虽然是一位很有影响力的人物，但他并没有留下自己的著作，后人也只能从柏拉图和色诺芬的记载中知晓他的事迹。

③ 阿尔基比阿德斯（约公元前450—前404），又名“亚西比德”，古雅典将军、政治家。与苏格拉底是生死之交。曾经在一次战争中被苏格拉底救过。

④ 色诺芬（约公元前440—前355），雅典人，历史学家，苏格拉底的学生，曾在一场战争中被苏格拉底救起。代表作品：《希腊史》《万人远征记》《回忆苏格拉底》等。

绿色的有毒的胡萝卜，你是如此鲜美多汁，雅典的阴影是你，而不是橄榄树！[①]

七个城市国家在此争辩不休，都说荷马[②]出生于自己的城中——这说明，这件事发生在荷马死后！想想他活着的时候是什么样子！他流浪于这几座城市，靠诵读自己的诗作谋生。一想到明天的生活，他的头发就变得灰白。这位伟大的先知，却是一个孤独的盲人。这位诗中圣哲的衣服被尖利的荆棘扯得破烂。

然而，他的歌依旧活着：这些歌让古代的众神和英雄获得生命。

图片一张接着一张呈现——从日出之国到日落之国。在时间和空间上面，这些国家彼此离得很远，然而它们有着同样光荣的荆棘之路。当满身是刺的蓟开出第一朵花，那也只是它装饰坟茔的时候。

骆驼从棕榈树下走过，驮满靛青和贵重的金银财宝。这些宝贝都是这个国家的君主送给一个人的礼物——他既是人民的快乐，也是国家的光荣。他被嫉妒和诽谤所逼迫，逃离了这个国

---

① 苏格拉底由于主张新神，在雅典恢复奴隶主民主制后，便被控以藐视传统宗教、引进新神、败坏青年和反对民主等罪名，并被判处死刑。虽然他有逃走的机会，但最终为了自己的信仰在雅典政府的逼迫下饮下了毒葡萄酒而死。

② 荷马（约前9世纪—前8世纪），古希腊盲诗人。代表作品：《荷马史诗》等。

家，人们到现在才发现他。眼下驼队就要走到他避乱的小镇了。人们抬着一具可怜的尸体从城门中走出来，驼队停住了脚步。这个死人正是驼队寻找的那一位：费尔杜西[①]——光荣的荆棘之路到此结束。

在葡萄牙的首府，在王宫的大理石台阶上，有一位圆脸、厚嘴唇、黑头发的非洲黑人坐在那里，他在向路人乞讨。他是卡蒙斯[②]最忠诚的奴仆。如果不是这位黑人和他乞得的那些铜板，他的主人——叙事诗《卢济塔尼亚人之歌》的作者——也许早就被饿死了。

如今，卡蒙斯的墓前立着一块珍贵的纪念碑。

还有一幅画！

铁栏杆后面，有一个人站在那里。那个人脸色像死人一样惨白，胡子又长又乱。

“我发明了一样东西——这可是多少世纪以来最了不起的发

① 费尔杜西（940—1020），波斯伟大诗人曼苏尔的笔名，叙事诗《王书》的作者。这部诗有六万行，是波斯国王请他写的，并答应给他每行一块金币。但是等到诗作完成后，国王的大臣却给他每行一块银币。他为此非常恼怒并写了一首讽刺国王的诗。待国王派兵追捕他的时候，他已经逃出了国境。

② 路易·德·卡蒙斯（约1524—1580），又被译为“路易·德·贾梅士”，葡萄牙诗人，被公认为是葡萄牙最伟大的诗人，以文学成就而被尊称为葡萄牙国父。他的叙事诗《卢济塔尼亚人之歌》被认为是葡萄牙最伟大的史诗。他生前曾多次被关进监狱。

明，”他说，“但是，二十多年来，人们一直把我关在这里！”

“他是谁？”“一个疯子！”疯人院的看守说，“这个疯子的奇怪想法可多着呢！他相信人们能够利用蒸汽推着东西运动！”

他叫萨洛蒙·得·高斯[①]，他预言性的著作连黎塞留[②]也读不懂，最终他在疯人院里死去。

现在该哥伦布[③]出场了。街上的孩子们总是在他身后嘲笑他，因为他想发现一个新的世界——并且他竟然梦想成真了。他胜利归来，迎接他的是欢乐的钟声，但妒忌的钟声却更加响亮。就是他，发现了新大陆，把美洲的黄金土地从大海中捞了出来，把一切都贡献给了他的国王，但他所获得的回报却是一根铁链。他想把这根铁链放到自己的棺材上面，好让世人看到这个时代给予他的评价[④]。

一幅幅图片接连出现，光荣的荆棘之路尚且看不到终点。

一个人坐在黑暗之中，他想要测量出月亮上山丘的高度。这

① 萨洛蒙·得·高斯（1576—1626），法国科学家，著作有《动力与各种机器的关系》，说明蒸汽的原理。

② 阿尔芒·让·迪普莱西·德·黎塞留（1585—1642），法王路易十三的宰相，及天主教枢机，波旁王朝第一任黎塞留公爵。

③ 克里斯托弗·哥伦布（1451—1506），探险家、殖民者、航海家。

④ 1500年，由于哥伦布在美洲做行政官很不称职，所以西班牙政府派人到美洲去将他逮捕，带着镣铐将他遣送回了西班牙。

个巨人知晓大自然的规律，他在探索宇宙和星球之间的太空。这个人就是伽利略[①]，他感觉到了地球在自己的脚下运动。上了年纪的他又瞎又聋，坐在那里，挣扎在深刻的痛苦与人们的轻视之中。他已经没有力气抬起自己的脚：当大家不相信真理的时候，他非常痛苦并焦急地跺着双脚，高喊道："但是地球真的在转动啊！"

这里有一个女子，她拥有一颗孩子般的心，并且这颗心充满了热情。她在奋勇战斗的队伍前面将旗帜高高举起，她为祖国带来胜利，带来解放。空中响起了狂欢的声音，那是柴堆在燃烧——一个巫婆将在这里被烧死——她是冉·达克[②]。没错，在接下来的一个世纪中，这朵纯洁的百合花依然被世人唾弃，只有伏尔泰这智慧的鬼才歌颂"拉·比塞尔"[③]。

在维堡的宫殿中，丹麦的贵族将国王的法律付之一炬。火焰上升，照亮了这位立法者，也照亮了那个时代，同时也为那阴暗的囚楼送去几抹彩霞。他两鬓斑白，弯腰驼背；他坐在那里，手

① 伽利略（1564—1642），意大利数学家、物理学家和天文学家，近代实验科学的奠基者之一。他发明了摆针和温度计。

② 冉·达克，即贞德（1412—1431），被法国人视为民族英雄。她曾带领法国军队击退英军的入侵，后来在一次战役中被英军俘虏，最终被当作巫婆烧死。

③ 伏尔泰（1694—1778），法国启蒙思想家、文学家、作家。《拉·比塞尔》是伏尔泰写作的一部关于贞德的史诗。

指在石桌上画出很多线条。三个王国曾被他统治过。他深受人民爱戴，他是农民和市民的朋友：他就是克里斯蒂安二世[①]。他生于莽撞的时代，是一个有性格的鲁莽的人。他的历史是敌人写下的。一方面，我们不能忘记他血腥的罪过；另一方面，我们也要记住：他被囚禁了二十七年。

有一艘船从丹麦启程了。船上有一个人，他靠着桅杆站着，向汶岛投去最后一眼。他是杜却·布拉赫[②]。丹麦的名字被他提升到了星球上，而他所得的报酬却是嘲笑与伤害。于是他跑到了国外。他说："到处都有天空，我还有什么可要求的呢？"他离开了，这位最富声望的勇士在国外得到了应有的尊重和自由。

"啊，解脱吧！只愿我身上难以忍受的痛苦就此得到解脱！"好几个世纪以来，我们一直能听到这个声音。这又是一张什么图呢？这是格里芬菲尔德[③]——丹麦的普罗米修斯——一条铁链将其锁在木克荷尔姆石岛上！

---

① 克里斯蒂安二世（1481—1559），丹麦和挪威国王（1513—1523）；瑞典国王（1520—1521）。他曾联合农民与市民一起反对贵族的专权，但最终被贵族推翻，并将他囚禁起来。

② 杜却·布拉赫(1546—1601)，丹麦著名的天文学家。丹麦在汶岛的天文台就是他建立的。

③ 格里芬菲尔德（1635—1699），丹麦政治家。他的政策是发展工商业来增加国家财富；而首要的条件则是要保持国际间的和平，特别是要与丹麦的邻邦——瑞典保持和平。1675年丹麦对瑞典宣战，1676年3月格里芬菲尔德被捕，起初被判处死刑，后来被改为终身囚禁。

现在我们来到了美洲，来到一条大河边。很多人聚在一起，说是有一艘可以抗拒暴风骤雨的神奇大船，并且能够在恶劣天气逆风航行。这艘船的主人就是罗伯特·富尔顿[①]，他相信可以做到这件事。他刚把船启动，很快就停了下来。看客们嘲笑他，嘘声一片，其中甚至包括他的父亲。父亲说他傲慢自大，是个糊涂蛋！活该得到报应！就该被人当成疯子关起来。

但是事情没有那么糟，刚才是个小事故只因一个小钉子折断了。船很快就恢复正常了，轮子再次转起，船再次起航。很快他就能到达另一个国家，蒸汽机的发明缩短了国与国之间的距离，原来是按小时论，现在都算分秒了。

啊，人类，当灵魂寻找到真正的使命时，您能够感受到清醒时的幸福吗？在这光荣时刻，你在布满荆棘的奋斗路上所受的一切伤痛，包括你自己造成的，都将痊愈。你将恢复健康的体魄、强大的力量和愉悦的心情；你将化一切噪音为美妙的音乐，你的身上将展现出上帝的光辉，你将惠及所有人。

那光荣而布满荆棘的前路啊，就像环绕地球的灿烂光环。你必须是那最幸运的人，才会被带到这里，在上面行走，才会成为连接上帝与人间的桥梁的工程师，为这一伟大事业而无偿劳动。

历史就像长有翅膀的天使，飞过漫长的时间，在那光荣而布

① 罗伯特·富尔顿（1765—1815），美国发明家，他设计和制造世界上第一艘蒸汽机轮船。

满荆棘的路上的暗影里，投下无数光彩熠熠的图片，这些图片鼓舞着我们，安慰着我们，让我们的内心得到安宁。这条路不是童话，不会让行路者尝尽世间的快乐与荣华，但它指引我们超越一切，迈向永恒。

远处的青山

高尔斯华绥/文

不只是在这才逝去的三月间（但宛如隔世一般），在那充斥着痛苦与折磨的一天——德国发起最后一次总攻的那一个漫长的星期天，我还登上了那座青山。正是在那样一个艳阳高照的天气里，山坡南面长着的野茴香散发着浓郁的香气，远处的海面上发出灿灿金光。我趴在草地上，让草温暖我的面颊，我是因那新来的恐怖而向它寻求慰藉。在连续四年的战乱之后，这场最后的总攻，越发显得无比惨烈。

“希望这一切都快点结束！”我喃喃地说，“到了那时，我就又可以来这里了，来到这个我所熟悉并十分可爱的地方。那时我就不会这样忧心忡忡，也不至于去想我的表在每一秒走动的滴答声之下，都会有一个地方陷入生灵涂炭。啊，但是我又能如何——难道这件事就永远没有尽头了吗？”

现在这场战争终于结束了，于是我便再一次登上这座青山。十月的阳光泼洒在我的头上，远处的海面依旧是一片灿灿金光。

此刻，我的心中不再感到一阵阵的痉挛，身上也不会再有什么毒气侵染。虽然和平已经到来，但却仍有些难以相信。不需要再用那过度紧绷的神经去听那无休无止的炮火声，或去看那些在街头倒毙的人们和那撕裂开来的伤疤与死去的生灵。和平了，终于和平了！战争持续了这么长时间，对于1914年8月战争刚刚爆发时的愤怒与惊恐，我们当中似乎很多人都已经忘到脑后了。但是我却不会忘记，并且永远都不会。

我们之中有很多人——我以为实际的人数更多，只是他们没有表达出来而已——这场战争给他们留下了这样的感受："希望我能找到一个这样的地方，在那里，人们关心的不是我们以前所关心的那些事，而是关心美丽和自然，并且大家彼此相互友爱。希望我们都能够找到远方的那座青山！"与忒奥克里托斯[①]相关的诗篇，关于圣弗兰西斯[②]的高尚品德，在现在的每个国家之中，就像那在东风之中凝聚在草叶上的露珠一般，早已变得极为渺小，甚至不复存在。就算过去我们的想法完全不同，而如今我们的幻想也终归破灭。不过，和平终究已经来临，而那些近期被屠杀的人们，他们的怨灵终于不会再伴随着我们的呼吸而将我们的胸膛堵塞住了！

---

① 忒奥克里托斯（约公元前310—前245），西方牧歌（田园诗）的创始人。

② 圣·弗兰西斯·波吉亚（1510—1572），第3任耶稣会总会长。1670年被封为"圣徒"，被称为"圣弗兰西斯"。

在我们的思想上，和平正在一天天地变得越来越真实，越来越能与幸福连接在一起。此时我已经能够在这座青山之上，为我还活在这个美好的世界上，而高声赞颂造物主。我能够在这温暖的阳光下，安然平和地睡去，而不是在一觉睡醒之后，又回到过去那痛不欲生的感受之中。我甚至可以心情舒畅地做梦，好梦不会再被醒来后的现实打破；就算是做了噩梦，在我醒来的时候，那梦魇中的一切也将消失殆尽。我可以抬起头，看那蔚蓝的晴空，而不会突然发现那里竟然存在着一长串可怕的幻影，或是人对于人所做出的种种天理不容的残暴景象。我终于可以一动不动地凝视着这片晴朗的天空——它是那样地纯净湛蓝，再不会被悲伤与忧愁所牵绊；或是俯视远眺那片波光粼粼的海，而不会再担心那海面上会泛起残暴杀戮与血色污痕。

天空之中，各种鸟类自由飞翔，海鸥、白嘴鸭还有那些在白垩[①]坑边上徘徊的棕色的小东西，它们对我而言都是心灵的慰藉。它们可以自由自在地活动，不会受到任何拘束。一只画眉鸟在黑莓丛中低唱，而叶子之上的朝露还没有完全蒸发。那一轮薄如蝉翼的新月，还在天空中隐约浮现着；时不时听到远处传来那熟悉的声音；而此刻柔和的阳光正在温暖着我的脸颊。一切都是那样地快乐。在这里，看不到那凶残的老鹰向那快乐的小鸟猛然

① 白垩，即白土，石灰岩的一种，白色，质软而轻。工业用途广泛，也可入药。

扑去，并把它无情地抓走。不会再有那种充满着愧疚的良知，将我从这快乐之中强行唤走。到处都是无止境的欢乐，一切都那样地完美。从这里向四周看去，你看这眼前的蜗牛壳，上面雕刻的花纹就像童话里那个小精灵脑袋上长出来的细角一般细腻精致，并且那个角端还呈现出了蔷薇的色泽；你看脚下这片直抵海边草木丛生的原野，它随着微风，在午后阳光的照射下浮动着，就像有生命一般，这里没有树篱围墙，一片辽阔，但是却有很多很有精神充满活力的树，还有那有着银白色羽翼的海鸥，在颜色像蘑菇一样的农田里或满是青葱的田野上空飞翔；不管你是凝视眼前的这一株娇小可人的粉红色的雏菊，还是对那满山谷的棕红灰褐的林木发呆，望着那谷间缭绕的乳白色流云，暗影浮动——这一切是如此地美好。只有在一个如此天高云淡、风和日丽的天气，而那在自然中观赏此间景色的人的心情也非常悠闲之时，才能看到这一切的美好。

在这座青山上，我对于战争与和平也有了更加清晰的认识。在我们的普通生活之中，貌似没有发生什么变化——我们并没有得到更多的奶油或是更加充足的汽油。战争的外套与武器将我们笼罩在里面，报刊与杂志上的字里行间中还充斥着深深的敌意与仇恨；但是在精神与情绪方面，我们确实感受到了强烈的差别，那是一种久病之后是慢慢康复还是慢慢死去的强烈反差。据说，在这次战争刚开始的时候，有一个艺术家便开始闭门不出，将自己关在家里，不再订阅报纸、也不去会见宾客，对于战争的消息充耳不闻，对于战争的情形也视若无睹，每天以绘画、欣赏花草自娱自乐——只是他这样不知道持续了多长时间。他这样做是非常精明的，还是他要比那些不知道躲避的人感受到了更加强烈的痛苦？难道谁还能躲开自己头上的那片天空吗？难道对自己同类所正在遭受的灾难也能置若罔闻吗？

全世界都在逐渐地恢复之中——生命这朵伟大的花儿，也在慢慢地重新绽放——在人们的感知和印象里，这确实是一件再美好不过的事情了。我将手掌在那草叶之上狠狠地压下去，然后再把手掌拿开，看那草叶慢慢地舒缓伸直，褪去它的损伤。我们现在的情况也是这样。战争的创伤已经深深地侵入到我们的身心之中，好比严寒侵入万物那般。在为打仗流血这件事情而战斗、医护、宣传、写作、工事，还有数不清的在各方面尽心尽力的人们之中，很少有人是出于对战争的热爱而去做的。但奇怪的是，在这四年里，写得最美的一篇诗歌就是由朱利安·克伦菲尔所执笔的《投入战争！》，这竟然是一篇纵情地歌颂战争的诗歌！如果我们能把从那发出的第一声战斗号角之后，所有世间的人们对于战争所发出的强烈而沉痛的诅咒全都凝聚起来，那些悲痛的哀歌恐怕多到连笼罩在地面之上的苍穹也无法装载！

而那美好与仁慈所在的“青山”还在离我们很遥远的地方。何时它会离我们更近一些呢？战争甚至发生在了我现在躺着的这座青山上。依据留在这里的白垩还有那片草地上的工事痕迹，这里还曾驻扎过军队。白天与夜幕之下的美好，云雀的纵情欢歌、花草的芬芳、充满健康活泼的欢乐、清新的空气、庄严的星辰、和煦温暖的阳光，还有那轻歌曼舞、真挚的友情，这一切都是人们永远渴求的。但是我们偏偏要对那如浊流般的命运追逐不已。所以，在漫长的时间里，战争真的会永远停止吗？……

这是战争以来四年零四个月期间我再没感受过的快乐，现在我可以任凭思想自由翱翔。那安详就像海面上吹拂的轻风，那幸福就像这座青山上清透的光。

马塔耶阿

保罗·高更[①]/文

我已经从帕皮提[②]离开了，来到了马塔耶阿这个地方。此处一边毗邻大海，另一边紧靠高山。山脊之上的岩石傲然耸立在那里，一片广阔的芒果树林将那令人生畏的山间裂缝遮掩起来。我那间蒲罗木构建而成的小屋就在这高山与大海之间，小屋的旁边还有着一家小餐厅。

清晨时分，我在海岸边站立着，看到了一叶独木小船。有一个女人站在上面，另外还有一个几乎全裸的男人坐在船舷上。有一棵枯萎了的椰子树立在他的旁边，那棵树就像是一只特别大的鹦鹉垂下了它那金色的尾巴，两只爪子还抓着一大串椰子。那男人手起斧落，尖利的斧头尖被砍进了那枯萎的树身之中，在那银

① 保罗·高更（1848—1903），法国后印象派画家、雕塑家，与梵高、塞尚并称为后印象派三大巨匠。除画作外，还著有散文作品集《诺阿·诺阿》等。

② 帕皮提，属于大洋洲，太平洋东南部法属波利尼西亚首府。

色的天空之中，留下了一道湛蓝的光。百年以来所积攒下来的热能，将在这刹那间的火光之中重获新生。

大地是绛红色的，上面有许多蛇纹树叶飘落下来，不禁让人联想起在那遥远的东方存在着的某一种文字。

塔塔戛达人眼中的帝王将相虽然不可一世，然而也不过是一滴唾液或是一粒尘埃。

在他们看来，对于纯洁与否的判断，也不过就像是六人那加舞罢了。

在他们的眼中，对于佛道的追求如同追求鲜花一般……

独木船上面的女人在整理渔网，大海的蓝色线条，有时会被珊瑚礁上溅起来的绿色的浪花所打破。

这天晚上，我一边抽着烟，一边在海边的沙滩上漫步。

太阳很快降临在了地平线的上面，它一点一点地被在我右边的摩里亚岛所吞没了。漆黑的山峦映照着如火一般的无边无际的背景之上，形成了鲜明而富有力量的对比，将那高低起伏的古城墙的轮廓清晰地勾勒出来。

站在大自然的风景之中，去回忆那些封建的东西会不会显得有些多余呢？那山峦的形态，就像一顶非常大的皇冠之上的装饰品一般。山的四周被海的波涛围绕，就如同万马奔腾一般，发出一阵阵很大的声响，然而这汹涌的波浪依然没有办法冲到山顶之上。左边那古老的伟绩已经成了断壁颓垣，只有这如同皇冠一般的山峰，像守护神一般在天边傲然屹立。

我的视线从这座山峰向那片湛蓝的海转去，幽深的大海将多少触犯了智慧树的罪人还有那灵魂被玷污的人们吞噬——那皇冠的装饰品不就是一个漂浮在海面上的人的头颅吗？不知为何，我总觉得它非常像那个狮身人面的怪物斯芬克斯[①]。特别是那巨大的缝隙，就如同一张张开的大嘴，非常威严，并有一种嘲讽的味道蕴含其中，或者说是带着一种同情的微笑，望着那不断将旧时光吞没的波涛……夜幕很快降临到了这片大地上——摩里亚岛陷入了沉睡之中。万物进入到一片宁静之中，四周也陷入了一片沉寂，我渐渐地感受到了塔希提岛夜晚的那种静谧的美好。

这里的夜晚是那样地宁静，宁静到我只能听到自己心脏的跳动。透过床前的明月洒下的光亮，我清楚地看到距离小屋不远的地方，芦苇疏朗地在那里站立着。有人说那是古代人们吹奏的芦笛，塔希提人将这种乐器叫作“微胡”。微胡在白天不声不响，但到了夜色漫天的时候，借助着那一轮皎洁的明月，它便在人们的耳边奏起了悦耳动听、若隐若现的动人乐章，我就在这音乐的陪伴之中，安然入梦。天空与我之间，只隔着露兜树叶所搭建起来的轻巧的绿色屋顶，那是蜥蜴安居的乐土。在梦里，能够想象着我头上的那自由的宇宙、苍穹和群星。我从地狱般的欧洲远远地逃离开去，一间摩里的小屋成了我与现实生活相连的一条纽带，让我真正地在这大千世界与无边的空旷之中生活下去。

① 斯芬克斯，最初源于古埃及的神话，它被描述为长有翅膀的怪物，通常是雄性，是“仁慈”和“高贵”的象征。

从阿尔卑斯山归来

都德[1]/文

在普鲁文斯省，当天气渐渐变得暖和的时候，人们已经习惯了将家畜送到阿尔卑斯山里。他们要在山里过上五到六个月的时间，夜里就在露天那齐腰高的草里睡觉；之后，当秋季悄然来临的时候，他们便下山回到农庄中，在笼罩着迷迭花香的灰色小山上重新过起了那单调的牧羊日子……

羊群是在昨天晚上回来的。早上一起来，大门便敞开了，羊圈里面铺满了新鲜的干草。

人们不时地重复着说："此刻，他们应该已经到了艾杰尔了；此刻，他们应该已经到了巴拉都了。"

临近黄昏，突然传来一声大喊："看到他们啦！"朝着远处望去，我们看到羊群沐浴在尘土腾起的光辉之中向着村庄走来。

整条路仿佛在跟着羊群一起向前移动。走在最前面的是老公

① 阿尔丰斯·都德（1840—1897），法国普罗旺斯人，杰出的爱国作家。代表作品：《柏林之围》《最后一课》等。

羊，两只角向前伸着，神气凶野；它们身后跟着的羊群的主要部分，略显疲惫的母羊们，以及挨挨挤挤走在母羊腿间的羊羔；头上戴了红色绒球的骡子在后面晃晃悠悠地走着，新生的小羊羔就放在它们身上驮着的篮子里；再后面是浑身湿透了的吐着长舌头的狗；在最后面跟着的，是两个高大的牧羊的家伙，他们身上裹着褐色毛布外套，一直拖到脚后跟，好像袈裟一般。

全部的一切，快乐地排成行列在我们面前行进着，在骤雨般的脚步声中涌进了大门。

此时，院子里变得异常慌乱。金色和绿色相间、戴着娟绒一般的头冠的大孔雀，站在它们的栖木上面便认出了这些来客，随后用惊人的如同号角般的叫声迎接它们的到来。

鸡窝从沉睡中被惊醒了，所有的家禽都站立了起来：火鸡，竹鸡，鸽子，鸭子，它们疯狂地玩闹了起来，母鸡们说要玩整整一夜……

每一只羊的毛里都仿佛带着阿尔卑斯山上草的芳香，它们带回来一种让人沉醉的田野气氛，让人不禁想跳起舞来。

在这般骚动中，羊群已经找到了各自的住所，这样的安排再恰当不过了。看到它们的食槽的老公羊们，流出了感动的泪水；那些生于旅途还没有见过农庄的羊羔和更小的乳羊们，惊奇地打量着周围的一切。

牧羊人那些忠于职守的狗是最动人的。它们跟在羊群身后忙碌着，回到农庄就只能看到它们在四下忙碌。

无论守夜的狗在窝里如何呼唤它们都是徒劳；井边盛满了甘洌的水的水桶对它们来说也全无吸引力；在羊群全部进去之前，在小栅栏被粗大的门闩闩上之前，在牧羊人走进低矮的小屋、在桌子边上坐下之前，它们什么都不看，也什么都不听。

一切归于平静，这时，那些忠诚的狗才愿意进入群狗的窝里，在那里，它们一边舔着自己久违的菜汤桶，一边同农庄里的伙伴们聊着它们在山上做过的事：那是个令人害怕的地方，那里有狼，有大朵大朵布满露珠的毛地黄……

蜘蛛的智慧

哥尔斯密[①]/文

在我所观察到的那些独居的昆虫之中，蜘蛛是最聪明的。对于曾经潜心研究过它们的我而言，它们的动作也是出乎意料的。这种天生为了战斗而形成的昆虫形体，不仅仅与其他昆虫战斗，也与它们自己的同类进行斗争。大自然好像就是为了它们的这种生活状况，而设计出它们的独特形体。

它们的头颅与胸膛，被天然的坚硬铠甲所覆盖，这是其他昆虫都不能刺穿的。那柔韧性极强的皮甲包裹着它们的身体，黄蜂也对这皮甲束手无策。它们腿部末梢非常强壮，就像巨龙的爪子一般，而且脚爪之间的长度就好像人手中的长矛，这足以对付那些从远处进攻的对手们。

蜘蛛长着好多只眼睛，那几只眼睛既宽大又透明，用一些有刺的物质进行遮挡，但这并不能成为它视野的妨碍物。这样良

① 奥立佛·哥尔斯密（1730—1774），英国诗人、剧作家、小说家。代表作品：《威克菲牧师传》《世界公民》《委曲求全》等。

好的配置，不仅仅是为了观察四周，更是为了预防敌人的突然攻击；除此之外，在它的嘴巴上面还长着一把大钳子——这是用来将它爪子下面或网里面所捕获的昆虫杀死。

这些器官，都是蜘蛛身体上面装备的战斗武器，而它所编织的大网，更是成了它最主要的武器。所以，它总是会用尽心思将这丝网编织得更加完美。天生的生理结构还将一种胶质的液体物质赋予给了这种动物，使它可以抽出粗细均匀的丝线。

当蜘蛛开始结网的时候，为了固定住其中一端，它先是吐出一滴汁液出来粘在墙壁上，丝线慢慢变硬，最终就可以非常牢固地粘到墙上。之后，它往回爬，让这根丝线变得越来越长；当它爬到这条丝线的另外一端应该固定起来的地方时，就会用自己的爪子把这根线拉起来，把线绷紧，也跟刚才那样把线固定在墙壁的另外一端。它就这样不断地拉扯着丝线，固定几条彼此平行的线出来，这样就准备好了它所想要结的网的经线。为了做成这个网的纬线，它就和原来一样，制作出一根线来，一端横着粘在它织就的第一条线（这也是整个网之中最牢固的一根线）上面，而另外一端则在墙壁上固定好。因此，这些丝线都具有黏度，只要什么东西一接触到上面，就会被粘住；在网上面最容易被损坏的地方，我们的结网艺术家们知道要织出双股线来加固，必要时甚至可以织成比原来的线粗上六倍的丝线来强化网的强度。

大约四年之前，我在屋子的一个角落里，观察到了一只大蜘蛛正在纺织它的网；虽然我的仆人将她那足以致命的扫帚举了起来，打算对着这个小动物把它的劳动成果全部给毁掉，但幸运的是，我马上对这一即将发生的惨案进行了阻止。

三天之后，这张网便织结完毕了；我不由自主地想到这只昆虫在新家里生活，一定是非常快乐的。它在网的四周来回穿行着，仔细检查着丝网的每个部分能够承受的压力，之后，才藏回自己的洞里，并且时不时地把头探出来，观察网周边的动静。没有想到，它所碰到的第一个对手，竟然是另外一只比它的身形更大的蜘蛛。这个对手并没有自己的网，也有可能是将它所存的所有体液全都用尽了，所以现在它不得不过来侵略它的邻居。

因此，一场恐怖的战斗就此拉开了序幕。在这场奋力拼杀之中，那只侵略者似乎占据着体形较大的优势，于是这个辛辛苦苦结网的蜘蛛被迫后退避开了正面抵抗。我发现那个胜利者会利用一切战术手段，把它的对手从坚强的堡垒之中引诱出来。它假装休战后离开，不一会儿便又转身攻击。结果它发现无计可施之后，便毫不珍惜地把这张新结成的网给毁掉了。这样的行径再一次引发了战斗，并且与我所预计的正相反，这只勤劳的蜘蛛终于打败了强劲的对手，成了这场斗争中的赢家，并最终将它的对手给杀死了。

在被侵略者占领的三天里，它体现出了极强的忍耐力，又几次将这个蛛网破损的地方给修补起来，却并没有找到什么我能够观察到的可以吃的食物。然而，终于有一天飞来了一只蓝色的苍蝇，落到了它的陷阱里。苍蝇不断地挣扎着，想要飞走。而那只蜘蛛尽可能地用自己分泌出来的胶把那只苍蝇给粘住了。可是，这只蜘蛛怎样才能把那只强大的苍蝇给绑住呢？我必须承认，我看到的情况是，那只蜘蛛立刻冲了出来，花了不到一分钟的时间就把包围它的俘虏的天罗地网给织成了。我看到这样的情形，真是有些诧异。不一会儿，这只苍蝇的翅膀便停止了摆动；当苍蝇彻底无力反抗时，蜘蛛就上前去把它抓住并拖进了洞里。

依据这种情形，我发现蜘蛛并不是在一种安全的状态下生活的。所以，大自然对它的这样一种生活状态也进行了恰到好处的安排：因为一只苍蝇足以维持它一周的生命。有一次，我把一只黄蜂放到了蜘蛛网上面，但是当那只蜘蛛按照平常的习性出来捕食的时候——先是对这是一个什么样的猎物进行观察，然后依据自己的能力制伏对付得了的对手；如果它觉得自己的能力不够，便会马上主动上前把紧紧束缚对手的丝线给解除掉——它把这样一个强大的敌人给放走了。当这只黄蜂得到自由之后，我是多么希望那只蜘蛛能把那张网破坏掉的部分抓紧时间修理一下；可是，它好像确定这张网已经无需修补了，便毅然决然地把这张网给抛弃了，又开始动手织一张新的网出来。

我非常想看一下一只蜘蛛可以依靠自己所储备的体液织就多少张丝网出来。所以，我把它织好的一张又一张网给破坏掉了，而那只蜘蛛也就一张又一张地织起网来。当它所储存的体液全部耗尽之后，果然就再也不能织网了。它所赖以维生的技艺（尽管此时它的生命也消耗殆尽了）确实让人非常惊叹。我看到蜘蛛将自己的腿像球一般地旋转起来，之后，静静地躺在那里几个小时之久，一直小心谨慎地注视着外界的情况；当一只苍蝇恰巧爬得足够近的时候，它便猛地从洞穴里冲出来，俘获它的猎物。

但是，没过多长时间它就会对这样的生活感到厌倦，并下定决心去侵占其他蜘蛛的领地，因为它已经不能再编织出自己的网了。所以，它奋力朝着附近的蜘蛛网发动进攻，一开始都会受到对方有力的反击，但是一次败绩并不能挫败它的斗志。它继续朝着其他蜘蛛网发动攻击，这种进攻有时会长达三年的时间。最终，它消灭了这张网原来的守护者，取而代之成了新主人。

有些时候，小苍蝇掉进了它的陷阱里时，蜘蛛并不急于进攻，而是耐心地等待着。它在确定可以捉住对方的时候，才会出手。因为，如果它马上靠近这只苍蝇，必然会引起苍蝇更大的惊恐，还有可能致使这只猎物奋力挣脱；因此，它学会了静候时机，等到这只猎物最终由于挣扎无效而疲惫不堪时，也就成了一个被蜘蛛玩弄的战利品了。

我现在所说的这只蜘蛛已经存活了三年之久；每一年，它都要更换自己的皮甲，长出新的腿来。有时我把它的一条腿拔去，可三两天之间它就会重新长出一条腿来。一开始它还对于我靠近它的网感到非常惊恐，但后来，它和我就变得特别亲密，甚至从我的手里抓走一只苍蝇。当我有意触碰它的网的任何地方的时候，它便会马上从洞里钻出来，时刻准备向我发起防卫式进攻。

为了把这样的过程描绘得更加完善，我还要告诉大家的是，雄性蜘蛛比雌性蜘蛛要细小得多。当雌性蜘蛛产卵的时候，它们就需要把网在卵的下面铺开一部分，然后仔细地将卵给卷起来，就像我们用布把什么东西卷起来一样。之后，它们便可以在洞里孵育它们的小蜘蛛了。每当遇到侵犯之时，在没有把一窝小蜘蛛安全转移到另外的处所之前，它们是绝对不会考虑自己先行逃走的。正是因为这样，它们常常会由于这种父母的爱而失去生命。

这些小蜘蛛一旦从父母为它们打造的隐蔽所中离开之后，便会开始学着自己织网，甚至可以看到它们每天的成长。幸运的话，它们一天就能够抓住一只苍蝇来饱食一餐。当然，它们也有可能一连三四天都没有获得一星半点的食物。就算遇到这样的情况，它们也能够继续快速成长。

但是，当它们年纪大了之后，身体便不会继续长大了。只有腿会长得更长一些。当一只蜘蛛由于年龄的增长而变得越来越僵硬的时候，它就不能再抓到猎物了，最后只能被活活饿死。

第三章
寂寞的感觉

笔　友

巴尔扎克[①]/文

在世间多种多样的孤单中，人最害怕的莫过于精神上的孤寂。

——巴尔扎克

无足轻重的小事，常常会发展成为人生之中最重要的经历。在我所经历的历时二十年之久才结束的那一段生活之中，我发现了这个真理。

我二十一岁读大学的时候，是这个经验开始的时间。一天上午，在一本销售量特别大的孟买杂志的其中一页上面，我看到了来自全球各个国家寻求印度笔友的年轻人的名字和联络方式。我看到过班上那些男女同学收到的来自那些素未谋面的人所寄来的那一叠叠厚厚的航空信件。在当时，与笔友通信是一件很流行的

① 奥诺雷·德·巴尔扎克（1799—1850），法国小说家、剧作家，被称为“现代法国小说之父”。代表作品：《人间喜剧》《驴皮记》等。

事，我为什么不试一试呢?

于是，我从那些地址中选出一位家在洛杉矶的艾丽斯作为我交笔友的通信对象，还特意买了一本特别贵的信纸。

班上的一位女同学曾经对我说过打动女人的窍门。她说，她爱看那些写在粉红信纸上面的信。因此，我决定用粉红色的信纸来给艾丽斯写一封信。

“亲爱的笔友，”我在信中写道，当时我的心情非常紧张，就像第一次参加考试的小学生一样。我在信中并没有什么话可说，落笔的时候非常艰难。当我把这封信写完，投进信箱的时候，感觉像面对敌人枪内射过来的子弹一般。

让我没想到的是，写给我的回信很快从那千里之外的加利福尼亚州寄了过来。在艾丽斯写给我的回信上面，她对我说：“我真的不清楚为什么我的通信地址会被贵国杂志放到笔友栏里，而且我并没有在征求笔友。但是，可以收到从来没有见过也没有听说过的人的信，真的是一件非常荣幸的事情。总之你要和我成为笔友的话，那么好的，我就是你的笔友了。”

我不知道把那封短信看了多少遍，那封信中充满了在我生命之中所听到的最美妙的音乐，让我感觉仿佛到了仙境。

我给她写的每一封信都非常谨慎，坚决不去写任何一句对那位毫不相识的美国少女冒昧唐突的话。因为英文是艾丽斯的母语，所以她写的信是非常自然流畅的，但对于我来说却是在使用外国语言，写起来是非常困难的事情。我在选择用词方面非常小心慎重，并且显示出了我的羞涩，但是在我的心中，却隐藏着我不敢表露出来的情感。而艾丽斯在对我的回信中，却经常用一种正统的笔调写着洋洋洒洒的文字给我，而在这些文字之中很少将自己的内心显现出来。

从万里之外的地方寄过来的，大多是装在大信封里面的书籍与杂志，有时还有些小礼物。从寄来的这些东西看，我确信艾丽斯家境富足，并且她的相貌肯定如她所寄来的那些礼物一般美丽可人。我们作为笔友是很成功的。

但是，我的内心总是有一个无法解开的疑惑。向一位少女问她的年龄是失礼的行为，可是如果我向她要一张照片的话，应该不会被拒绝吧。所以，我向她提出了这个愿望，也终于在信中得到了她的回复。艾丽斯只是在信中对我说，她当时手头没有照片，以后可能会给我寄一张。她又说道，就算最普通的美国女人都比她好看。

这是在跟我玩躲猫猫的游戏吗？唉，这些女人的小把戏啊！

随着时间的流逝，我与艾丽斯之间的通信不再如当初一般让人感到异常兴奋。我们之间的沟通时断时续，但是并没有停下来。我仍然会在她生病的时候，去信祝她早日康复，为她寄去圣诞卡片，偶尔也会给她寄一些小礼物。在这样的交流过程中，我也渐渐成熟起来，经历也多了一些，有了一份工作，并且已经结婚生子。我把艾丽斯写的信拿给我的妻子看，并共同期望能够早日与她见面。

但是有一天，我收到了一个来自于陌生人的包裹，那上面的字迹我不曾见过。它是从美国艾丽斯的家乡，通过空运的方式寄送过来的。当我打开包裹时，心中一直在琢磨，这个新笔友到底是谁呢?

包裹之中包括几本杂志，还放有一封同样出于陌生人之手的短信。“我是你所熟悉的艾丽斯的好朋友。我非常难过地告诉你，在上个星期日，她从教堂里出来去买一些东西，之后在回家的路上出了车祸而不幸去世。她的年纪已经很大了——四月中旬已经是七十八岁了——她并没有看到从远处快速驶来的汽车。艾丽斯常常对我说，她非常高兴能够与你通信。她是一个非常孤独的人，却对别人非常热心，不管是见过面还是没见过面的，不管距离远近，她都非常乐于帮助他们。”

在信尾，那个写信的人请我收下包裹之中她附上的一张艾丽斯的照片。艾丽斯对她的朋友说过，只有在她死后才能把她的照片寄给我。

在这张照片上，是一张美丽又慈祥的脸。那是一张哪怕我还是一个羞涩的大学生，而她已然老去，但我仍然会珍爱在心底的脸。

送你一朵玫瑰花

法朗士[①]/文

我们的家是一个大套间，里面装满了古怪离奇的东西。家里的墙上挂着原始武品，武器上装饰着猎后所缴获的颅骨与头发；在天花板上面悬挂着的是一条配备着船桨的独木舟；与独木舟并排放在一起的，是用稻草填充的钝吻鳄的标本。玻璃橱是用来陈列收藏品的，那里放着鸟、鸟巢、珊瑚的枝桠，还有很多看上去好像充满着怨恨的骨架。我实在无法猜出我的父亲和那些稀奇古怪的东西之间到底立下了什么样的约定。然而现在我知道了：这是收藏家的契约。那种明智的、无私的念头，使得他想把整个自然都装到一个大橱子里面去。他说，这样做是为了科学。他是这样说的，并对此深信不疑。其实，这不过是出于收藏家的爱好

① 阿纳托尔·法朗士（1844—1924），法国作家、文学评论家、社会活动家。本名蒂波·法朗索瓦，“法朗士”是他父亲“法朗索瓦”的缩写，又因为他热爱祖国法兰西，所以用祖国的名字作为自己的笔名。1921年获得诺贝尔文学奖。代表作品：《金色诗篇》《苔依丝》等。

罢了。

整个房子里到处都摆放着来自大自然的千奇百怪的事物。这些动物学、矿物学、人种科学以及畸胎科学，只没有侵占这个家中的一个地方，那就是小客厅。那里没有蛇的鳞片，没有乌龟壳，没有骨头，没有用燧石打磨出来的箭，也没有印第安的战斧，那里只有玫瑰花。在那个小客厅里，墙纸上面点缀着非常多的玫瑰，那是些含苞待放、淡雅端庄、完全相近，又每朵都非常漂亮的玫瑰花。

对于比较动物学和颅骨测量，母亲非常厌烦，她只待在小客厅里打发休闲时光。我坐在地毯上，和她脚下的一头绵羊一起玩。这头绵羊以前有四只脚，而现在只剩三只了。所以它与我父亲收集的那只畸胎两头兔放在一起并不搭配。我还有一个可以摆臂膀、散发着油漆味的鸡胸驼背木偶。在那个时候，我肯定会产生很多很多奇妙的幻想，因为这个既鸡胸又驼背的木偶，再加上这头绵羊，总能够让我联想到光怪陆离的戏剧中各式各样的人物。每当绵羊和木偶之间发生了在我看来很有趣的事时，我就去对妈妈说，但这样做总是白费工夫。准确地说，大人好像永远也听不明白小孩子到底在说些什么。母亲对我的话毫不放在心上，也不大注意去听我在说什么，这是她的一个大问题。但是，她经常眼睛睁得大大地看着我，叫我“小傻瓜”。这个简单的互动经常使我们之间的关系得到缓和。

有一天，她在小客厅里把她的刺绣放到了一边，用她的双臂把我举了起来。她指着一朵小纸花对我说：“给你一朵玫瑰花吧！”

为了能够让我把这朵花辨认出来，她用绣针在这朵花的上面点上了一个十字。

我从来没有得到过像这朵花一样能让我如此高兴的礼物。

关于一把扫帚的沉思

斯威夫特[①]/文

你看现在躺在那个没人在意的角落里的这把扫帚，我以前在树林之中见过它。它那时正当年，青翠茂密，充满着勃勃生机。现在看它已经与之前完全不一样了。可是却还有人自以为是地想靠人类的手艺与大自然的鬼斧神工相抗衡。他把一束枯树枝捆在了它那早已经失去了汁液的身体上面，到头来还不是白费心机？他不过是把它原来的位置颠倒了过来，让他树枝朝下，根梢朝天，成为一棵上下颠倒的树，可以被任何一个干着苦力活的脏婆娘的糙手所驱使。它从此成了命运的提线木偶，把别人打扫得一干二净，结果自己到头来却落得个又臭又脏。在女仆们的手里，它被折腾几个来回之后，最后便只剩下一根枯株了，然后，它便被嫌弃地扔到门外去，要不然就是被当作引火的干柴给扔进灶膛里烧了。

① 乔纳森·斯威夫特（1667—1745），18世纪英国著名讽刺作家、政治家。代表作品：《格列佛游记》等。

当我看到这一切的时候，忍不住对此自言自语地慨叹几句：人难道不也像这把扫帚吗？当大自然让他呱呱坠地的时候，他是那么地强壮又富有朝气，活泼有力，天生地满头好发；如果用一株有思想有理性的植物来形容他，可谓是枝叶双全。但不久之后，由于他沉迷酒色，恶习就像一把斧头一般把他的青枝翠叶给砍掉了，留给他的就只剩一根枯槁的树干。他赶快戴上了借助人工做出的头套，然后骄傲地炫耀他那一头满是香粉但再也不是他头上长出来的假发。要是我们这把扫帚也像他那样登场，因为在自己身上捆绑了一些别的枝条而得意忘形，其实这些枝条上面全是灰尘，就算是来自最高贵的夫人房间里的灰尘，我们也一定会大肆嘲笑它的虚荣！我们就是这样一个不公正的法官，对自己的优点和别人的缺点都有所偏好。

你也许会这样解释，一把扫帚不就是代表着一棵头朝下的树嘛！那么，人又是什么呢？人也不过是一个颠倒了位置的动物嘛，他的兽性总是凌驾在理性之上，他的头到了本应该是脚该在的地方。他总是在土里面蜷缩着，虽然总是有这样那样的缺点，却还总是自以为是地说自己是世界的改革者、清除者、为民申冤者。他把自己的手伸进这世界上每一个肮脏不堪的角落里，然后扫出来一大堆从来没有暴露在阳光之下的肮脏东西，将那原本很干净的地方弄得全是尘土。结果，不但没有扫走肮脏的尘土，反倒清扫的人自己弄得满身污秽。等到晚年，他又变成了女人的奴仆，还是一些最粗鄙不堪的女人。最后，他被折腾得形容枯槁，然后就像他的扫帚兄弟一样，不是被扔到门外去，就是用来供别人取暖，扔进灶膛里生火了。

农　舍

黑塞[1]/文

我站在这栋房子旁边，向它告别。我将很久都不会看到这样的房子了。当我走近阿尔卑斯山口的时候，那北方的德式建筑，连同着德国的风光还有德语，就到此结束了。

从这样的边界跨越过去，是多么美好啊！从很多方面看，流浪者就是原始人，就像游牧民比农民更加原始一样。虽然如此，但改变定居的习性，蔑视边域界限，会让我这样的人成为通向未来的路标。如果很多人像我一样打心里鄙视国界的存在，就不会再有战争与封锁这样的事情了。世间可憎的，莫过于国家的边界；世间最无聊的，也无非就是这国家的边界。它们如大炮和将军们一般，只要有理性、人性与和平占据着上风，人们就感觉不到这些事物的存在，无视它们而呈现出真挚的微笑——但是，

① 赫尔曼·黑塞（1877—1962），德国作家、诗人。出生在德国，1919年迁居瑞士，1923年入瑞士籍。1946年获诺贝尔文学奖。代表作品：《荒原狼》《东方之旅》《玻璃球游戏》等。

一旦战争爆发并且非常疯狂的时候，这些边界就会变得非常重要而神圣。在战争的岁月中，它们成为我们这些流浪者的监牢与苦痛！让它们都见鬼去吧！

我把这栋房子画到了我的笔记本上，用目光与这些德式的屋顶、德式的木头骨架以及山墙，与那倍感亲切的家乡景物一一告别。我怀着一种分外强烈的情感，再一次热爱着家乡的一切，因为这是一场告别。从明天开始，我将去热爱另一种不同样式的屋顶，另一种不同风格的农舍。我绝不会像情书里写的那样，将我的心永远留在这里。噢，不会的，我将把我的心带走，因为我在山的那边也时刻需要它。因为我是一个游牧民，而不是一个农民。我是背离、变迁与幻想的崇拜者。我不会将我的爱在这地球的某一个点上面牢牢钉住。我始终只是把我所钟爱的事物当成一个比喻。如果我的爱被什么牵绊住，并为它变成了一种忠诚与品行，那我就觉得这样的爱是很值得怀疑的。

再见了，农民！再见了，那些有家有业的人、有仁有义的忠诚之士！我可以爱他，可以尊敬他，也可以对他产生嫉妒。但我为了对他的德行进行效仿，已经将我这半辈子的光阴消耗掉了。我并不是那样的人，却很想要成为像他一样的人。虽然我很想成为一位诗人，但同时我又想成为一个国家的公民。我想成为一个追求艺术与幻想的人，但同时我又想拥有品行和家乡。过了很长一段时间后，我才明白这两者不可兼得，我才知道自己只是一个游牧民并不是一个农民，是一个追求者而不是一个保管者。很长时间以来，我面对着诸神与律法苦苦修行，但它们对于我来说只不过是偶像罢了。这是我的过失，也是我的痛苦，是我对于这个世界的不幸理应承担的罪责。因为我对自己曾经施加过暴力，因为我没有勇气走上解救他人与自己的道路，因为我曾经将这罪过加重，更加重了世界的痛苦。救赎的道路既不是通向左边，也并没有通往右边，它直通自己的心灵，而那里，只有上帝，只有和平。

一阵温润的清风从山上向我吹了过来，那里像一座蓝色的空中岛屿，俯瞰着下边的另一部分国土。之后，在那片天空下面，我将经常感到很幸福，也将时常满怀乡愁。像我这样了无牵挂的流浪者，本来就不应该怀着乡愁。但是，我也有乡愁，因为我并非一个完人，也并不想成为那样的人。就像享受快乐一样，我也要去品味我的乡愁。

我迎着这股温润的风往高处走去，风中裹挟着一股此处和远方、边界线和语言疆域、群山和南方的浓烈奇特的香气。在这股风中，也有着许下的承诺。再见了，我的小农舍！再见了，家乡的田园与原野！我与你道别，就像少年告别他的母亲一样：他知道，在这个时刻，他就要辞别母亲而远走他乡。他也知道，自己永远不可能彻底地离她而去，即使他这样想也绝对做不到。

树　　木

黑塞/文

对于我来说，树木一直是那个最言真意切的传教士。当它们聚成家庭和部落，形成树丛和整片森林而生活的时候，我尊重它们；而当它们孑然一身的时候，我更加地敬重它们。它们就好似一群孤独的流浪者，完全与那些身上存在着某种无法摆脱的弱点而消极避世的隐士不同，而更像是一群伟大而又曲高和寡的人们，例如贝多芬、尼采。在它们的树梢之上，世界在那里无尽地喧嚣；而它们的根，却深深地植在无限的深处；只有它们本身，不会在这无限之中逝去，而是用它们的全部生命力去追求卓越超群：去实现属于它们自己，并能自我印证的法则。它们用这一法则，充实自己的形象，并将这一形象充分地展现出来。再也没有比一棵又大又壮美的树更加神圣，更能称得上榜样的东西了。当一棵大树被锯倒的时候，它那致命的伤口就会赤裸地暴露在阳光下。你可以在它的墓碑——树桩所展现出的横断面上，读到属于它的全部历史。就在那年轮与种种畸形的轨迹上，忠实地记录着它所经受的所有的挣扎、苦难、病痛，以及所有的幸福与繁盛。那些贫瘠的年代，那些丰沛的岁月，那些曾经遭受过的打击，那些曾经顽强应对的风暴。最坚硬、最珍贵的木材，它们的年轮是最密的。在那高峻的山上，越是艰险之地，越会生长出最为坚强挺拔、粗壮伟岸的树中楷模。这是每一个生长在农家的少年都知晓的事情。

树木是非常神圣的。谁能够听懂它们的语言，谁能与它们进行交流，谁就能获得生命的真谛。它们并不夸夸其谈，它们也不在意细枝末节，它们只是去讲述那关于生命的最本质的法则。

一棵树说：在我的身上蕴藏着一个内核，一个火花，一个信念，我就是诞生于永恒之中的生命。我那永恒的母亲，只孕育我一次，这是永远无法复制的尝试。我所长成的形体与肌肤所显现的脉络，都是无法复制的。树梢之上的叶子那最细小的经络，那树干上最微小的伤疤，都是独一无二、无法复制的。我的责任，就是赋予永恒以独一无二、无法复制的形态，并在这样的形态之中将永恒显现出来。

一棵树说：我的能量就是信任。我对于我的父辈们毫不知情，我对每一年在我身上所生长出的成千上万的子孙后代们也毫不知情。我的一生就是为了传承这繁衍的秘密，不用去操心别的事情。我相信上帝在我的心里，也相信我的使命是无比神圣的。出于这样一种信任，我就这样活着。

当我们遇到不幸的事时，当我们再也无法忍受生活的磨难之时，一棵树就会对我们说：平静下来！平静下来！你看看我！生活当然是不易的，生活必然是艰苦的。这只是孩子的想法罢了。如果让你心中的上帝说话，它们就会沉默不语。你因为走在与你母亲和家乡渐行渐远的路上，这让你感到无比担忧。但是，你每天所走的每一步，都在引导着你再次向你的母亲那里走去。家乡不是在这个地方或是那个地方，家乡就在你的心中，或者从另一个角度说，没有所谓的家乡。

当我听到那在晚风之中簌簌作响的树木之时，那种对于流浪的眷恋就会不断地撕扯着我的内心。如果你静下心来长时间地聆听，那种对于流浪的眷恋就会自然显现出它的本质与意义，它并不像表面上所感知的那样，是一种想要逃避痛苦的念头。它是对于家乡的无尽思念，是对母亲、对新的生活那种如诗如画的思念。它引领着你回到家里。你所走的每一条路，都是通往家乡的大道。你走的每一步都是新生，每一步都是消逝，每一座坟墓都是母亲。

当我们对于自己所具有的幼稚想法感到恐慌之时，那晚上的树就在那里簌簌作响。树木有着不会中断的念头，平静祥和的想法，就像它们有着比我们更加长寿的生命。只要我们不去聆听它们的交谈，它们就会比我们更加富有智慧。但是，如果我们懂得如何倾听树木之间的交谈，那么恰是我们想法的短暂、睿智与孩童般的匆忙，获得了无法替代的欢乐。谁学会倾听树木的交谈，谁就再也不会想去成为一棵树。之后，他除了自身之外，就不会再有任何所求。他自己就是自己的家乡，就是自己的幸福。

卖艺老人

波德莱尔[1]/文

这样一个节日是非常盛大的，到处都是前来欢度佳节的人们。那些由于自己家乡无法度日而不得不外出求生卖艺的、变魔术的、耍猴逗狗的，以及挑着担子做小买卖的人，都对这样的节日充满着期待。

在这样一个节日里，我感觉人们将工作或是苦恼全都抛到了脑后。他们就像孩子一样，享受着节日的欢欣。而对于孩子们来说，这也是休息日，是从那让他感到无比害怕的学校里解脱出来的二十四小时；对于大人们来说，这就是摆脱噩梦一般的生活的休息，更是在没有尽头的争斗与成天提心吊胆之中解放出来的一次休战。

不论是在物质世界工作的人们，还是沉迷于精神世界的工作者，都很难从这民间五十年的节日狂欢之中脱离出来。在这种

① 夏尔·皮埃尔·波德莱尔（1821—1867），19世纪法国最著名的现代派诗人、象征派诗歌先驱、散文家，代表作品：《恶之花》《巴黎的忧郁》等。

无忧无虑的气氛之中，他们都不自觉地扮演着自己的角色。而我呢？身为一个真正的巴黎人，当然不会放弃这个去观赏那些出现在这种隆重节日里的让人眼花缭乱的小店铺的机会。

其实，那些小店铺之间有着非常激烈的竞争。那些店主人都在高声尖叫着，大声地唱着歌，并拼命地嘶吼着。这真是一个叫嚷声与金属碰撞声，还有那焰火的飞爆之声相混合的情景。那些愚蠢的仆人还有那些小丑，他们的脸上由于风吹日晒而变得无比黑瘦干瘪。他们仿佛是对自己的演技非常有自信的演员一般，嗓子眼里拉着非常可笑的戏谑腔调，还开着如同莫里哀一般的调侃玩笑；大力士们穿着表演之前洗好的运动衫，神情庄严而精气十足。他们既没有前额，也没有头骨，看上去像猩猩一样。但他们却并不介意这些事情，并为自己胳膊上长着的粗大肌肉块而感到无比自豪；那些貌美如花、艳丽无比、像个公主一般的舞女们，在小小的灯笼的映照之下舞动着，跳跃着，那短小的舞裙上面，洒满了炫目的金光。

目之所及，到处是一片光彩、烟尘、嘶吼、快乐与嘈杂；一些人在消费，另一群人在赚钱；不管是消费还是赚钱，人们一样都是无比高兴的。孩子们为了得到几根棒棒糖，一直拽着母亲的裙边；要不就为了观看那些像神一般让人目不暇接的魔术师，而趴到了父亲的肩膀上面。四处弥漫着一股油炸食物的香气，这种香气好像将其他芳香全都掩盖了，就像是为这个节日所上供燃烧的香火。

可是，在这一排店铺的尽头，就在那里，我看到了一个让人揪心的卖艺人。好像是自惭形秽一般，他只身逃出了这繁华街市。他弓着腰，像是要摔倒的样子。他的身形老朽不已，好像一具失去生命力的僵尸；他就靠在他那个破旧的小棚子的一根支柱上——那是比起这世上最野蛮的人所盖的破屋子还要简陋的破棚子，里面点了两个蜡烛头。那蜡烛头上流着油，冒着黑烟，更显现出这破棚子的破败与简陋。

四处都是快乐、物欲与胡吃海塞，处处是一片歌舞升平的安宁，到处都是充满着生命力的狂妄与发泄；可这里却是彻底的苦难。特别让人感慨的是，他就穿着这样一身可笑的破烂衣衫，竟然比靠化装更能显示出与这场景的强烈反差。这是出自于他自己本身的需要。

噢，那个可怜的人！他没有笑，也没有哭，既不跳舞，也不做任何姿态，更不会大声叫喊，也不唱任何或喜或悲的歌曲，更不乞求别人的同情。他就安静地坐在那里，放弃了一切努力，向命运彻底低头，他的前途就这样已经成为定局。

可是，他眼中向人群与光彩之处所投去的眼神又是那么地意味深长，让人难忘！那人群与光彩所散发出来的如潮水般汹涌的骚动离这让人反胃的苦难，只有几步之遥。我感觉像是有一只手发了疯似地掐住了我的脖子，使我的眼中充满泪水。这泪水就在我的眼眶里打转，让我感觉眼前一阵眩晕。

这该如何是好？又何必去向这位不幸的老人打探，他到底想要在这散发着恶臭的黑暗之中引发怎样的奇迹呢？就在他那已经暴露在光天化日之下破旧的幕布之后，又会存在着怎样的奇迹呢？的确，我没有勇气去问他。我这个胆怯的理由，会让您感到很好笑吧……

坦白地说，我当时非常害怕我会让他出丑。

最后，我决定在他那块破旧的木板上面随手放上一点点钱，希望我的举动能让他明白我的一片好心。可就在这个时候，人群蜂拥而至，我被人流裹挟着，远远地离开了他。

而刚才的那一幕，却在我的眼前挥之不去。我又回过头来，试图剖析一下刚才那种突然来袭的痛苦。我自言自语地说道："刚才我看到了一个老去的快要化为朽木的文人形象。他活过了一代人的时间，并曾经是这一代人卓越的嘲笑者；这又是一副老去的诗人的形象，没有朋友，没有妻子和孩子，被穷困与绝情的人们抛弃。人们是健忘的，他们不愿意再次迈进他的店棚。"

寂寞的感觉

罗曼·罗兰[①]/文

你一定有过这样的感受。

当你觉得心事重重，希望能找个人聊聊的时候，那个人虽然来了，可你们之间却并没有什么可以聊的。当然，你们可能彼此在聊着天，可是他在聊他的事，而你——在刚开始曾试着聊聊自己的事，可是到了后来，你不得不放弃了。于是，你们的聊天最后成了两条曲曲折折的线，就那样无力地凄惨地延续下去。

于是你不得不强颜欢笑，假装彼此聊得非常投机的样子。然而，你的内心渴望他赶快离开，能让自己静下心来自我吞噬属于自己的那份孤寂。

“还不如自己一个人在家闷着好呢！”这就是你得出的结论。

① 罗曼·罗兰（1866—1944），法国思想家、文学家、批判现实主义作家、音乐评论家、社会活动家，1915年获得诺贝尔文学奖，是20世纪上半叶法国著名的人道主义作家。代表作品：《名人传》《约翰·克利斯朵夫》等。

“希望别人来替你分担你的心事，这是一个多么愚蠢的想法！别人是无法真正了解你的，所有人都只会关心他们自己的事。”于是，你终于领悟到，很多事是不能对别人说的，有些事也没有必要对别人说，有些事是根本无法对别人说的，而且有些事情，就算你告诉别人，你也会很快感到后悔。

所以，如果你聪明的话，那么解决这些问题的最终办法就是安静下来，自己吞噬自己的寂寞——或者反过来，让寂寞把你吞噬掉。

于是，你会慢慢发现，那午后阳光的阴影到底是怎样拖着自己那黯淡无光的步调西下，那屋角的浮尘是怎样在空洞之中毫无规则地浮动，屋檐下的蜘蛛是怎样织就自我束缚的网，那暮色是怎样无言地爬上你的书桌，而那种寂寞的感觉，又是如何在你的心上越来越重地压下去、压下去……直到你的呼吸变得越来越困难，内心也变得越来越迟缓，就像一辆载着超重货物的车，在行驶到上坡的时候有气无力地渐渐地变慢，渐渐地停顿下来……

于是，你觉得自己无限地涨大，大到可以把整个宇宙都填满。而在这无限膨胀的你的内心中，所涨满的只有寂寞，那种无边无际的寂寞！

没有一声呼喊，没有一滴泪水，没有一丝的感情，没有一线的期冀，没有一点欲望，没有动，没有静，只有一种不断下坠的感觉，下沉……下沉……向着那没有尽头的幽暗深渊下沉……

于是，在那夜色将整个宇宙的穷山恶水涂满之时，在那四周都是墨一般的幽暗里，你不再知晓你是不是仍然在继续地下沉，你所能感知到的只是那无比沉重的、无边无际的、漆黑的、死一般的寂寞！

悠　闲

弗农·李[1]/文

通常情况下，我们很少会走到别人的房间时感叹道："啊，这里让我感受到了真正的安宁！"一般我们不会去向别人分享一所古老房子的安宁。比如，僻静郊区里有一座庭院深深的老房子，很多结着红色果子的树围在它的周围，还有将半个窗户遮住的雪松；或是在某处修道院，那门廊前隐约可以看到搭着架子的橘子树。然而，在那干净宽敞、装饰得非常精美的房间里，或是在那处修道院里面，实在没有什么安宁可以分享给大家，最多可以称之为过日子吧。由于我们对别人生活中的苦恼与烦闷并不十分了解，而对自己生活之中那些微小的不便异常敏感；在面对这些问题时，我们的眼睛里是绝对容不得一粒沙子的，可是对于别人所遭受的苦难，我们却常常视而不见，充耳不闻，变得冷漠麻木。

① 弗农·李，即"浮龙·李"（1856—1935），英国文艺批评家、美学家，"移情说"在英国的主要代表。代表作品：《美与丑》《论美》等。

那种悠闲需要通过我们切身感受才能证明，因为它并不是单纯有时间就够的，更需要某一种特别的心境。我们所说的那种悠闲时间，其实是指我们所感到悠闲的时刻。对于什么是悠闲，其实感受它要比阐述它更加困难。这种悠闲与那种无所事事或是整日游手好闲是毫不相同的。虽然我们也知道，它确实与自由支配时间是相关联的。在律师的客厅里等候也许会有空闲下来的时间，但这时却并不存在悠闲的感觉；同样，我们在火车站里换乘，就算是拥有两三个小时的等候时间，也无法享受那种清闲。在这两种情形下，都不会使我们感到安闲自在——处于那样的场合之中还能够安心地读报、学习，抑或是回忆你在国外的旅行，是非常罕见的。因为那时，我们的内心总是焦虑不安、心烦气躁的，就好像是有一种东西在那里捣乱一样，就好像童年时的我们总是忍不住去用脚踢那走得慢悠悠的四轮车的软垫子。

悠闲不仅仅意味着具有充足的时间，还需要有充足的快乐地度过这段时间的精力（如果不懂得这个道理的话，就会感到无所事事）。同样，如果想要真正地体味那种悠闲的滋味，还必须要从事一些优雅适度的活动。因为悠闲所能被体现出来的活动是来源于内心的自然冲动，而并不是那些勉强自己的活动；就像舞蹈家们翩翩起舞或是滑冰者们优哉地滑动，就是为了与内在的节奏相契合；而不是像农民耕地或是当差的替人跑腿，仅仅是为了得到相应的报酬。正是出于这个原因，一切悠闲都是一种艺术。

但是这确实是一个进退两难的事情。时光的流逝，如同白驹过隙！我们必须将这段闲谈结束，各自行动起来，才能不辜负这大好时光——只希望自己不要跟随它那单调转动的车轮！如果我们碰巧遇到那些让我们感到有意义的工作，我们越是能在此之中感到快乐，就会越少地尝到无聊的味道。唉，可惜我们现在的工作常常是毫无益处可言的。让我们向那位白胡子老人乞求吧！请求他赐予我们悠闲的时光，并且同时赐予我们使用它的那充沛的快乐的精力。圣者，请您为我们祈祷吧！

我的梦中城市

德莱塞[1]/文

它就那样地沉默着，我梦中的城市，就那样清冷地静默着，大概是因为我其实对于群众、贫苦以及如灰尘一般掠过人生道路上的那些让人失落的暴风骤雨都毫不知情。这是一个时刻让人心惊肉跳的城市，那么大的气势，那么富有魅力，又那么一片死寂。那里有飞跃高空的铁轨，有如同深谷一般的街道，有宏伟庞大拔地而起的城市阶梯，有通往地下深处的隧道，而在那里面所有的一切，都非常奇怪，如同地狱般的沉寂。那里还有公园、鲜花与河流。并且二十年之后，它竟然就在那里，如同我那个令人心惊肉跳的梦。只不过当我醒来的时候，那世界便笼罩在生活的骚动之下。它具有追逐、梦想、热情、快乐、恐怖与失落等等的喧哗。在它那道路、山谷、广场、地道之中奔腾着的、沸腾着

① 西奥多·德莱塞（1871—1945），美国现代小说的先驱、现实主义作家之一。1944年，被美国文学艺术学会授予荣誉奖。代表作品：《嘉莉妹妹》《珍妮姑娘》《美国的悲剧》等。

的、闪耀着的、朦胧着的众多存在，都是我那个梦中的城市所从来不曾知晓的一切。

关于纽约——其实可以说与之相类似的任何大城市，不过说纽约更为准确罢了，因为它之前是并且现在依旧是那样与众不同的存在——从之前到现在，那令我感兴趣的东西，恰是它那显示于迟钝与乖巧、强壮与衰弱、富有与贫穷、智慧与愚蠢之间非常鲜明且又无边无际的强烈反差。在这之中，也许数量与机率上的原因要比其他原因更加多一些，因为其他地方的人们其实与这里也没有什么不同。不过在这里，可以选择进行反差对比的人们是那么多，所以那种强壮到可以驱使别人的人，会显得那么强壮，而那薄弱到被人任意宰割的人，却又成了芸芸众生的一个庞大群体。

我曾有一次看到一个失魂落魄的可怜的小小的缝补衣服的妇人，她已然是神情萎靡，生活在冷街上的那种合租房子客厅角落的夹板房里。她做饭所用的物品，是一个放在柜子上面的酒精炉子。那房子的四周，还有着可以大大地跨出三步的空间。

“我宁可住在纽约这样的夹板房里，也不想再回乡下住那种可以拥有十五间房子的家。”有一次，她发出了这样的慨叹。而那时她那双可怜的毫无色彩可言的小眼睛里，竟然焕发出我之前在她身上从来不曾见过，之后也再没有见到的光彩与朝气。她通过一种方式来对她的缝纫收入进行贴补，就是替那些和她一样下等的人，通过纸牌、茶叶抑或是咖啡渣等等来看看运势，告诉很多人关于爱情与财运的事情。其实，这两种东西是他们永远也无法遇到的。她只需要见识一下这座城市所焕发出的色彩、声音和光芒，就足以弥补她所遭遇的一切不幸了！

而我自己之前也不曾感受过，但现在不是也感受到了那种炫耀吗？百老汇路上，在那个每天雷同的夜晚来临之时，四十二个街口就会被来自西部的众多闲人变得拥挤不堪。所有的商店都敞开着，所有酒店的窗户都开得大大的，为的就是让那些无聊的过路人可以向里面观望。这就是一个长醉不醒的，沉迷于梦境之中的大城市。五月或是六月的月亮像被擦亮的银盘子一样，在高墙上面高高地挂了起来。那一百个甚至一千个灯泡组成的霓虹灯，就在那里刺痛着人们的双眼。穿着夏天的服饰并带着美丽的帽子的市民和游人如浪潮般涌动着；那装着数不胜数的物品，跟随着可有可无的使命的过路汽车呼啸而过；还有那如同被镶嵌着宝石的像苍蝇一样飞过来飞过去的出租车或是私人汽车。就连轧士林也将一种自身的特异香气奉献了出来。生活就是在空中幻出迷人色彩的泡沫，并且时时闪耀；还有那些让人迷醉的情话，或是松散的生活素材。百老汇就是这样。

还有那条五马路，那条为水晶而歌唱的街。在一个商店开门的午后，不管四季如何变化，那里总是一如既往地热闹着。从正月到三月，春天向你伸出欢迎的手臂时，那条街上的橱窗里，便被无数精美无瑕的薄丝绸还有其他各种各样的玲珑剔透的饰品所填满。还能有什么可以像它们一样，无比分明地向你报告春的来临呢？十一月的时候，它们便开始歌颂起了棕榈机、新开的港湾以及那些来自于热带与暖海中的无数大小不一的快乐。到了十二月的时候，那条街上面，又将皮货、地毯，或是跳舞、宴会时所需要的物品陈设出来，一眼望去琳琅满目。那橱窗里的一切向你大声呼喊：快买吧，暴风雪眼看着就要来啦，其实你刚从山上或海边回来，前后还不到十天呢。你会看见一幅画，当你看到那些属于上流阶层的人居住的房子，必然会觉得这个世界是非常地热闹、特立独行、快乐的。但是，当你了解了那个庸俗浮华的社会小矮丛，那个在高树之中苟延残喘的、费力求生的乱草丛堆，你就觉出在这些大而无边的大楼里面，其实并没有一件既完美而又低调沉默的社会事件。

我时常会想到在这座城市中的无数的下层人，那些拥有着青春和梦想的红男绿女们时刻将他们的脸对着纽约，时刻警惕探查着这座城市能给他们带来怎样的名誉与声望，要不就是属于未来的地位与舒适，再不就是思考自己将在未来可以获得什么。啊，他们的青春岁月都在自己的希望里沉醉着！于是，我又想到了全世界所有有能力的职场精英或并没有什么能力的人们，他们在纽约之外的什么地方做着这样或那样的工作——一家商铺、一个矿场、一家银行，或是任何一种职业——他们拼搏的唯一动力就是他们想要达到一种地位，可以凭借他们的财富而在纽约永远定居下来，可以对大众进行支配，并在他们觉得奢侈的世界里过着奢侈的生活。

你就想一下在这座城市之中的幻觉吧，那真的是一种刻骨铭心而又扰乱人心的催眠术啊！强者与弱者，聪明人与愚蠢者，贪心者与贪色者，都在绞尽脑汁地向那个无比庞大的东西寻找使自己解脱的忘忧草与麻醉药。我每一次看到人们似乎愿意奉献手中的任何筹码——付出那样的代价——去抿一口这沁香的毒酒，并且总是觉得非常惊叹。他们向人们展示着的，是一种深入灵魂并使之颤抖的刺人的热心。不论如何，美可以将它的花卖掉，德性可以将它那最后的残片出卖，力量则将出卖它所能支配部分之中的堪称“以一换百”的几乎可以说是高利贷的部分，而名誉与权力则将它们的尊严与存在彻底出卖，而老年人则出卖着他们所剩无几的时间，以求得到这一切之中不值得一提的部分，以求得到它那颤动的存在与幻象。你难道真的听不到他们在歌唱关于它的赞美诗吗？

第四章
在海边的一个冬日

自然纪事

儒勒·列那尔[①]/文

一个树木的家庭

在穿越一片被阳光普照的平原之后，我遇到了它们。

它们并不喜欢声响，也没有在路边居住。它们在未开荒的田原上住了下来，依靠着那一潭只有鸟儿才知晓的清澈泉水度日。

从远处看过去，树林密密麻麻好像无法进入一样，但当我渐渐靠近它们的时候，那些树干之间就变得松散开来，它们小心翼翼地欢迎着我的到来。我可以在那里休息，乘凉。但是我猜它们对我并不放心，一直在监视着我的动向。

它们生活在这个大家庭之中，在中间居住的是年纪最大的，而那些小辈们，还有那些刚刚第一次长出嫩叶的小家伙们，围着

① 儒勒·列那尔（1864—1910），法国现代小说家、散文家、戏剧作家。代表作品：《胡萝卜须》《自然纪事》等。

中心点四散开来遍地都是，并且从不分离。

它们的死亡速度是缓慢的，但它们会让那些死去的树也这样直立在那里，直到那死去的枯树腐朽凋零，化作一片尘埃。

它们用长长的树枝抚摸着彼此的身体，就像盲人一般凭借这种方式确认彼此的存在。如果强风喘着粗气想把它们连根拔起，它们就会愤怒地挥动自己的手臂。但是，在它们中间却不会出现任何争吵，它们只是一团和气地低声交流。

在这里，我像回到了真正的家中，并很快把另一个家忘掉。这些树将会慢慢地接纳我，而为了让自己能与这光荣相配，我要学习一些自己应该懂得的事情。

我已经懂得了监视流云的动向。

我也懂得了一动也不动地待在原地。

而且，我几乎学会了静默不语……

萤火虫

无边的夜色，降临到这片充满着困倦气息的树林。鸟儿从远处归来了，它们在树叶之间穿梭追寻。树叶索索的声音，比不过它们翅膀扇动的声音。他们非常希望能够看到些什么。可是，星星离它们太远了，而且月亮也落不到离它们足够近的地方。除此之外，山楂和蔷薇果那殷红的颜色也没有渲染得恰到好处。

突然，为了给那些鸟儿们谈情说爱添上一点光亮，那些精通于调配光亮的青苔媒婆们，把所有的小虫子都点亮了。

蟋蟀

终于到时间啦！那黑色的昆虫在外面游荡够了，便停下了漫行的脚步，回到家里，细心地将他那乱七八糟的领地修补一下。

首先，他把那条狭小的用沙子铺的通道耙平。

然后他又锯下一些细屑，把它们洒到家的入口处。

他把那个一直给他惹麻烦的大草根给锉倒了。

他做完这些事后，休息了一下。

然后，他给自己那微型的手表上了发条。

这就结束了吗？表有没有打碎？他又休息了一会儿。

他回到自己的屋子里，把门关上。

他用钥匙在家门上的那个精致的锁里面转了很长时间的圈。

他又站在那里倾听：

外面并没有一丝让他不安的声响。

可是他还是不能放心。

他貌似抓着一根一直伸到大地深处的小链条，那个装链条的滑轮发出刺耳的声响。

现在，什么声音也听不到了。

在那寂静的田野之上，白杨树如同手指一般直直地伸向广阔的天空，指着那一轮明月。

蝴蝶

这封对折着的轻薄而又满含柔情的短函，正在努力找寻一个花朵邮局。

云雀

我从来没有看到过云雀，即便是在清晨时分也是徒劳无获。那云雀并不是属于大地的鸟儿。

从今天早晨开始，我就一直踏着泥土块与枯草寻找它的身影。

那一群群灰色的麻雀，抑或是色彩艳丽的金翅鸟，在荆棘编成的篱笆上方游荡。

八哥身穿省长级别的制服，检阅着它的树木。

一只鹌鹑紧紧地贴着苜蓿草地飞了过去，划出一道笔直的黑色的线。

牧羊人打着毛线，看着比女人还要灵巧。在他的身后，是一个挨着一个样子差不多的绵羊。

一切都被一种鲜艳的光泽浸润着，就算是那寓意不祥的乌鸦，也会勾起人们的微笑。

但是，请像我这样认真地倾听。

你们听到了吗？就在上面的某一个地方，水晶的碎块在一只金杯之中冲荡？

谁能告诉我，那云雀究竟在哪里歌唱？

如果我抬头望着苍天，那刺目的太阳光线会将我的眼睛灼伤。

我只能放弃见她的想法。

那云雀生活在天上，在那些生活在天上的鸟儿中，只有她的歌声才能一直传递到我们这里。

喜鹊

它的全身是一片漆黑。但是，由于它去年冬天是在田野里度过的，所以，它的身上还留有残雪。

孔雀

今天，他肯定是要结婚了。

结婚本来应该是昨天发生的事。他身着节日礼服，一切准备就绪。他只需要等待他的新娘了。可是新娘并没有来，她确实不应该再拖延下去了。

他一身气宇轩昂，踱着像印度王子一般的步伐散着步，身上佩戴着各式各样的常用礼品。爱情让他身上的色泽变得更加绚丽，头上的华冠如同古弦琴一般颤动不已。

可是，新娘依然没有到来。

他登上那屋顶的最高处，朝着太阳的方向眺望着。他发出一声声凶狠的呼唤：

“莱昂！莱昂！”

他就是这样呼唤着他的未婚妻。他的眼中看不到有谁过来，其实并没有什么人理睬他。那些对于这场景习以为常的家禽甚至连头都没有抬。她们对于这一场景熟视无睹，并不愿再去欣赏他。他从屋顶下到院子里，对于自己的美丽他是非常自信的，因此也并不会有什么怨气。

他的婚礼将延迟到明天。

他并不知道要怎样打发这白天剩下的时光，便又向台阶上面走去。他迈着非常正式的脚步，就像登上庙宇的台阶一般，登上了他神圣的阶梯。

他将自己的燕尾服翻起，上面缀满了没有脱离他而去的眼睛。

这是他最后一次复习他的礼仪。

天鹅

他就像一个白色的雪橇，滑行在水池中，从这朵云彩滑到那朵云彩。因为，他只对那流苏状的云朵有着艳羡的心情。云朵出现，移动，然后消失在水中，他总是在观看着。

有一朵云是他所想要看到的。他用自己的喙瞄准它，然后猛地朝下扎下他那裹着雪一样的脖子。随后，就像女人的一条胳膊伸出衣袖，他把脖子抽了回来。

然而，他什么都没有获得。

他随之一看，那片惊慌失措的云朵已经消失得无影无踪。

但是他的失望只存在了很短的时间，因为那片云朵没有让他等太长时间，便又回来了。看，在那水波慢慢消失之处，有一朵云正在重新凝聚起来。

天鹅端坐在他那轻盈的羽毛垫子上面，悄然无声地划行着，向云朵慢慢靠近。

他用尽自己的所有力气捕捞着那虚无的幻影，也许，他在得到哪怕一小片云朵之前，便会死去，成为这些幻影的牺牲品。

然而，我在胡言乱语些什么呢?

翠鸟

这个晚上，鱼儿并没有上钩，但是，我却带回来一种不同寻常的情感。

当我把笔直的钓竿伸向河里时，一只翠鸟飞了过来，歇息在了我的钓竿上。

没有比它更绚丽夺目的鸟儿了。

就好像是一朵非常大的蓝色鲜花，开在了那细长的枝条顶端。钓竿在翠鸟的重力之下变得弯曲。我屏住了呼吸，并因为被那只翠鸟当成了一棵树而深感骄傲。

我非常确信，翠鸟并不是由于害怕才飞走的，不，它肯定以为自己仅仅是从这根树枝跳到另外一根树枝上面。

鹿

我从路的这一端朝着树林里走去，而它则是从另一端走过来的。

一开始，我以为那是一个捧着一瓶花的陌生人走了过来。

后来，我才发觉那竟是一头鹿。它的鹿角就像一棵矮小的树，枝杈是有的，但没有叶子。

最后，鹿一下子出现在了我的面前。我们俩全都停下了脚步。

我对它说：“靠过来，不要害怕。我虽然带着枪，可是那仅仅是为了使自己看起来更气派，想要模仿那些装模作样的人而已。我永远都不会用枪打猎的，我将子弹都放在了装子弹的盒子里。”

鹿静静地听着，并嗅着我所说的话。我话音刚落，它便毫不迟疑地转身就跑，就像一阵风把枝条刮得时而交叉时而又不交叉。它就这样逃走了！“这是多么遗憾的事啊！”我朝着它大喊，“我都在幻想咱俩能一起散步了呢！而我，会把我所喜欢的青草亲手送给你，而你呢，就把我的枪横在你的鹿角上面和我一起散步。”

牛

老牛慢慢悠悠地、恬静地走过来喝水。它们将脊背挺得笔直，喝着河水。那水轻轻地颤动了起来。最后，它们感到凉快了，带着微醺的表情，又同时抬起了头，如同来时那般，温顺地离去了。

只是，有一头牛仍旧留在了那里。

非常温柔的牧牛者毫无恶意地朝它那残留在臀部的干粪片上戳了戳，但并没有起多大作用：一头牛留在了那里，蹄子插进了土里面，凝视着那倒影中的双角，忘记了自己的存在。

猪和珍珠

猪一旦放到草场上去，张嘴就开始吃，那张丑陋的嘴脸再也不愿离开地面。

他并不刻意去选择那些鲜嫩的青草来吃。他碰到什么东西便去咬什么东西。他只是漫无目的地向前拱着他那永远不知道疲惫的猪鼻子，既像一把犁地的犁耙，又像一只瞎了眼睛的鼹鼠。

他只是关心如何填饱他那已经长得像一只腌桶的滚圆的肚子，却永远不会注意天气的变化。

刚才，他的鬃毛差点儿在那灼热的阳光下燃烧起来，但是那又有什么关系呢？而现在，那低压的云彩夹杂着冰雹，不断地尽情释放着，向草地倾泻，但这又不是什么重要的事。

没错，喜鹊在下意识地展翅躲避。火鸡也都躲进了篱笆里，那稚嫩的小马驹在一棵橡树下面躲避着。但是那猪仍然待在那个他吃东西的地方。

他连一口食物都不愿放过。

他摇着尾巴，就像平常一样自在。

他浑身挨着飞雹的袭击，也只是偶尔会咕哝一句：

“怎么总是这些脏兮兮的珍珠！”

母牛

给她起个名字实在是太难了，所以最终还是没有给她起到名字。因此我们就简称她为“母牛”，这名字反而是最恰如其分的。

并且，名字又有什么重要的关系呢？只要让她吃就够了！新鲜的草、干枯的草、蔬菜、粮食，甚至面包和盐，随便什么她都可以吃，而且无论什么东西她都吃，无论什么时候她都在吃，由于需要反刍，她还连续吃两次。

一旦她看到我，便用叉裂的蹄子，迈着轻盈细小的步伐向我小跑过来。她蹄子上的毛皮与腿上的非常相像，就像穿着白色的袜子。她来到了我的面前，确信我一定会给她一些可以吃的食物；而我每次都会用那种欣赏的眼神看着她，情不自禁地对她说道：“好啦，吃吧！”

但是，她将吃下的所有东西全都花在了制造鲜奶上面，而不是让自己变得肥壮。一到了固定的时间，她就会献出自己那涨满的、正方形的乳房。她并不吝惜自己的奶——有一些母牛是很舍不得的——她每次都非常慷慨，只要略微地把她那四个很有弹性的奶头挤一挤，她就会把奶水全部排空。她的腿一动不动，也不会摇尾巴，只是用她那又大又柔软的舌头逗趣般地舔着那女仆的后背。

虽然她过着索然寡居的生活，但是由于胃口不错也不会感到无聊。只有在很少的情况下，她才会带着遗憾的情绪哞哞地叫着，用朦朦胧胧的心情思念着她那最近一次生出的牛犊。不过，她还是希望能够有人来看她。她的两支角竖在自己的额头上面，嘴唇贪馋地挂着一条涎液还有一丝草秆，热情地接待着来客。

男人们毫不害怕地抚摸着她那胀大的肚子；而女人们也只需要对她的温存有一些提防，她们对这么大的牛能够这样地温柔而感到吃惊。她们都在做着非常幸福的美梦。

狗

在这样的天气里，是不能够把波昂杜赶到外面去的。风正在门底的缝隙里尖锐地呼啸着，甚至强迫它离开了自己的草垫子，去寻找更舒服的地方，它便将它那可爱的小脑袋偷偷地伸到了我们座位的中间。但是，我们都胳膊紧靠着胳膊地坐在一起弯腰烤火取暖呢。于是，我打了它一个耳光。我的父亲也用脚把它踹开了。妈妈把它臭骂了一顿，而妹妹则递给了它一个空水杯。

打着喷嚏的波昂杜，跑到厨房里，去看我们是不是已经把那里收拾干净了。

之后，它又走了回来，硬往我们这里钻，也不怕我们的膝盖把它给夹死。看！它最后终于挤到了壁炉旁边的一个角落里。

它高兴地在原地转了好一阵子的圈，然后靠着柴火架坐了下来，不再活动。它看着自己的主人们，眼神中散发着温柔的光，大家只好宽恕了它的行为。但是，即将烧红的柴火架和散落出来的木灰烫着它的尾巴，但它还是待在那里。

我们为它让出一条过道：“喂，快滚开，你这个笨家伙！”但是，它却执拗地一动不动。此时，野狗在外面冻得上牙直打下牙，而波昂杜却身在火热之中。它的毛都被烧焦了，屁股也被火烤着，但它却强忍着不叫，一脸苦笑着，泪水充盈着眼眶。

猫

我的猫根本就不吃老鼠，也不喜欢吃老鼠。它抓老鼠，只不过是为了拿老鼠寻开心罢了。

当它玩腻了，就会放老鼠一条活路，跑到别的地方并在那里陷入遐想。它的身体坐在蜷缩起来的尾巴上面，一脸的天真。

但是，由于它那锋利的爪子，老鼠已经命归西天了。

母鸡

门刚刚打开的那一刻，她就双爪并拢，从鸡棚里跳了出来。

这只是一只非常普通的母鸡，装饰着朴素的羽毛，从来不去下金蛋。

在那刺眼的阳光下面，她犹豫地朝院子里走了几步。

她先看到的是灰土堆。每天清晨，她都要在那里玩一通。

在那里，她满地打滚，身上沾满了灰尘。她的羽毛鼓了起来，两只翅膀使劲地扇动着，想要把昨天晚上跑到她身上的跳蚤全都给抖掉了。

之后，她来到了被最近一场大雨给注满了水的盘子前面，俯身喝水。

她就只是喝水。

她一小口一小口地喝着水，脖子举起来的时候，刚好能触碰到盘子的边上。

然后，她开始找粮食吃了。

那些属于她的食物，有青嫩的草、昆虫，还有被人遗落下来的谷粒。

她不停地啄着，啄着，不知道什么是疲倦。

她时不时地停下来，挺直身体，目光机敏地观察着四周，嗉囊往前突着，头冠上戴着如同当年共和党人一般的红色便帽。她用这边的耳朵和那边的耳朵倾听着一切。

一旦她确定并没有新鲜的事情发生，便又开始俯身觅食。

她就像一个患有关节性痛风的病人那样把僵直的脚高高抬起，之后再张开自己的爪子，毫无声响地放下来。

她走路的时候，多像一个光着双脚的人啊！

燕子

她们每天都会来到这里，然后给我上课。

那一声声的呢喃细语，在空中画了无数的虚点出来。

她们飞行时会引出一条直线，然后到顶端之时便猛然地一停，然后腾的另起一行，飞掠而去。

她们飞得实在是太快了，那花园里的水塘，都无法将她们飞掠过的影子描摹下来。

她们从地窖那里，一跃而起，就飞到了阁楼之上。她们用轻盈的翎毛做成的笔，一蹴而就地写下谁都没有办法效仿的签名。

然后，她们一对又一对地画着一个大括弧，之后彼此又聚合在一起，在那天空的蓝色底板之上，落下自己的斑斑墨迹。

可是，那充满着友善的目光依然在追随着她们。如果你识得希腊文和拉丁文，而我那些认识烟囱的燕子在天空中描绘出来的是希伯来文。

静

蒲宁[①]/文

我们来到日内瓦的时候已是夜里，那时正下着蒙蒙细雨。黎明之前，雨停了下来。雨后天转晴了，空气也变得无比清新。当我们推开阳台的门时，一阵秋天早晨的凉意迎面扑来，让人陷入一种陶醉之中。在湖面上缭绕的乳白色的晨雾，蔓延到了大街小巷。初升的太阳依然是朦胧的，却已在那晨雾之中绽放出生机勃勃的光。湿润的晨风轻柔地抚弄着那在阳台柱子上盘旋而上的野葡萄藤上鲜红的叶子。我们在洗漱完毕之后，便匆忙地穿好衣服，走出了旅店。由于我们昨晚睡得很沉，因此感到精神百倍，做好了尽情畅游的准备。我们怀着一种年轻人特有的预感，总觉得今天肯定会有什么特别好的事情在等着我们。

“啊，上帝又恩赐了我们一个多么美妙的早晨啊，”我的同

① 伊凡·亚历克塞维奇·蒲宁（1870—1953），俄国作家。1933年，凭借《米佳的爱情》获得诺贝尔文学奖，成为第一位获此殊荣的俄国作家。代表作品：《安东诺夫的苹果》《乡村》《米佳的爱情》等。

伴对我说道，“你有没有注意到，我们每到一个地方，第二天那里必然是风和日丽的！记得一定不要吸烟啊，只能喝牛奶和吃蔬菜。我们要以新鲜的空气为生，伴随着日出起床，这种生活会让我们感到非常有精神的！不用多长时间，不只医生，连诗人都会对我们说……不要吸烟了，一定不要吸烟，我们就会感受到那种久违了的并且已经陌生了的感觉，感受到一种纯净，感受到青春的朝气。”

但是日内瓦在哪儿呢？一时间，我们停下了脚步，站在那里茫然不知所措。眺望远处的一切，都被那如同轻纱的明亮的晨雾所笼罩。只有街尽头那边的马路被霞光照耀着，就好像是由金子铸就的一般。于是，我们朝着那闪耀着迷人金光的马路快步走去。

朝阳已经穿透层层雾霭，将空无一人的堤岸照得暖洋洋，眼前的一切没有一个不发出夺目的光彩。但是山谷、日内瓦湖，还有远处的萨瓦山脉，仍然散发着逼人的寒气。我们走在湖堤上时，不由自主地停下了脚步，感到万分惊喜——那是人们每当突然看到那漫无边际的海洋、湖泊，或者是从高山的顶处向山谷俯视之时，都会情不自禁产生的感觉。萨瓦山在明晃晃的晨岚之中消融着，在阳光下面很难辨认出它的轮廓。只有凝神望去，才可以看到那山脊宛如一根细长的金线，在半空之中蜿蜒开去，这时候你才会有一种对面横亘着重峦叠嶂的感觉。近处，在那宽阔的山谷之中，在那凉气袭人、润湿而又带着清新之感的雾气之中，日内瓦湖就那样向人们展示着它的蔚蓝、清澈和深邃。湖依然在沉睡着，那在埠头簇拥在一起的斜帆小艇，也都在沉睡着。它们就像张开了灰色翅膀的巨大的鸟一样，而在清晨的寂静里，还没有足够的力量展翅飞翔。两三只海鸥紧紧地贴着湖面悠闲自在地飞翔着，其中的一只冷不丁地从我们身边掠过，飞到街面上去了。我们立即转身望着它飞去的方向，只见它又猛地飞转回来了，也许它是被那种它所不适应的街景吓到了……朝阳初上的时刻，还有海鸥可以飞进城里来，住在这座城市的人们过着多么幸福的生活啊！

我们想尽快地投进群山的怀抱，在那湖水之上泛舟徜徉，并随船朝着那远处的某个地方荡去……但是雾并没有消散，我们只好步行朝着市区走去，在酒店里买了一些酒和干酪，并尽情观赏着那一尘不染的带有亲切感的街道，还有那被沉静的金黄色泽渲染的花园之中，美丽得像一幅风景画的杨树与法国梧桐。在这花园的上方，天空如同被洗涤过一般，晶莹剔透宛如绿松石。

“你知道吗，”我的旅伴说道，“我每到一个地方，老是不敢相信我真的来到了这里，因为这些是我过去只能在地图上找到的地方，只能幻想到那里游玩一番，我总会时刻地提醒自己，这只不过是一场幻境罢了。意大利就在这些层峦叠嶂的后边，离我们如此之近，你能感觉到吗？在这个奇妙的秋季，你能感受到南方的存在吗？看，那边就是萨瓦省[1]了，就是我们小时候读过的那个让人落泪的故事之中所描绘的那些牵着猴子的萨瓦孩子们的家乡！”

在码头旁边，游船与船夫们都躺在阳光下昏昏欲睡。在那蔚蓝的清澈的湖水里，可以看到湖砂、木桩与船的遗骸。这宛如夏天的某个早晨，只有静谧主宰着通透的空气，告诉人们此时已经到了晚秋时节。晨雾已经消散无踪，沿着山谷朝着湖面望去，可以看得很远，远得让人无法想象。我们急切地脱掉了上衣，卷起了衬衣袖子，拿起了船桨。码头很快落到了我们船的后面，并且离我们越来越远。还有阳光之下闪着光芒的市区、湖畔还有公园……都在离我们越来越远。前面湖水泛着光，闪得我们的眼睛都看不清东西了。船两畔的湖水颜色越来越深，越来越沉静，也越来越透明。我们将船桨插到了水里，感受着水的弹性，望着从船桨下面飞溅起的水珠，真是一件令人快乐的事。我向后回过头，看到了旅伴那红润的脸庞，看到那自由自在地、宁静地荡漾在缓缓延伸开去的山坡之中的浩渺碧波，看到那漫山遍野正在慢慢变黄的树林与葡萄园，还有那交相辉映的一栋栋别墅。有一刻间，我们停止划桨，四周马上安静了，静得如此地深沉。我们都闭上了双眼，长时间地聆听着，然而什么声音也听不到，只有那

① 萨瓦省，法国省名，与瑞士和意大利相邻。

船划破湖面时，湖水淌过船的两侧发出的潺潺的水流声。我们甚至可以只凭借这潺潺的水声就能猜出这湖水是多么地纯净，多么地清澈。

“还划吗？”我向我的旅伴问道。

“先等等，你听！”

我把船桨提出了水面，连那潺潺的水声也渐渐停歇下来。然后听到从桨上滴下来一滴水珠，然后滴下另一滴……太阳把我们的脸照得越来越热……就在这个时候，从那很远很远的地方，飘来一阵悠扬的钟声，这是在深山之中的某处悬挂的一口孤钟。它离我们是那样地遥远，以至于有些时候我们只能隐约听到它发出的声音。

“你还记得科隆大教堂[①]的阵阵钟声吗？”我的旅伴压低了声音向我问道。

“那天我比你醒得早一些，天才刚刚亮，我便站在那敞开的窗户旁边，长时间地静听着独自在那古老的城市上方回荡着的清脆钟声。还记得科隆大教堂里的管风琴还有那种中世纪的壮美吗？还有莱茵省[②]，那些历史悠久的城市。那历史悠久的图画，还有巴黎……但是那一切都没有办法与这里相提并论，这里更加

① 科隆大教堂，位于德国科隆的一座天主教主教座堂，是科隆市的标志性建筑物。

② 莱茵省，亦被称为莱茵普鲁士，是1822年到1946年间普鲁士和及后的普鲁士自由邦的一个省份。

美丽……”从深山隐约传到我们耳畔的钟声柔和而纯净。我们闭上双眼，坐在船上，用心倾听这醉人的钟声，享受着太阳照耀在我们脸上的温暖与自水面升腾上来的舒缓的凉意，那是何等的美妙、舒服啊！在离我们大约两俄里远的地方，一艘闪着光亮的白色轮船驶过。那轮船的桨轮拍击着湖水，发出了疏远、嘶哑又恼怒般的嘟囔声，并在湖面上掀起一道道铺展的，如同玻璃一般的透明的波浪，它们在湖面上缓缓地朝我们扑过来，终于怀着几丝柔情轻轻地晃动了我们的小船。

“看，我们已经身在这群山的怀抱之中了，”当那轮船的身影渐渐变小，终于在远处隐没的时候，我的旅伴对我说道，“生活已经被我们留在了那边，留在了这重重山峦之外。我们已经来到了这宁静的幸福国度，这宁静的幸福国度到底应该以什么样的名字称呼它呢，在我们的语言之中无法找到适合的词了。”他一边优哉地划着船桨，一边讲着、聆听着。我们被越来越宽阔的日内瓦湖包围了起来。那钟声离我们忽远忽近，若有若无。

“在山的深处，一定有座小钟楼，”我说道，“那荡气回肠的钟声，是它在赞颂礼拜天清晨的静谧与悠然，召唤人们沿着可以俯瞰湛蓝色的日内瓦湖的小径，到它那里去……”

举目远眺，山上那大小交错的树林都被涂上了绚烂而轻柔的秋色。那一栋栋美丽的别墅，在清闲优哉的秋日度过自己的时光……我舀上来一杯湖水，将茶杯清洗干净，然后将水泼向半空中。那水朝着天上飞了出去，溅起一道道光彩。

“你还记着《曼弗雷德》[①]吗？”我的旅伴问我，“曼弗雷德就站在伯尔尼兹阿尔卑斯山脉[②]之中的瀑布前面。当时正是中午时分，他念着咒语，用双手将一掬清水捧起来，朝半空中泼去。于是，在那瀑布所呈现出的彩虹之中，马上显现出了童贞圣母山……这写得多美啊！这时我就在想，人其实也可以去崇拜水，建立‘拜水教’，就像之前建立起拜火教一样……自然界的鬼斧神工真是太令人难以想象了！人活在这个世界上，每天呼吸着空气，看到天空、水和太阳，这是多么大的恩赐与幸福啊！可是，我们却仍然感觉不幸福！这是为什么呢？是由于我们的生命太短暂了吗？是因为我们太孤独？还是由于我们的生活充满着太多的谬误？就拿这日内瓦湖来讲吧，曾经雪莱来到过这里，拜伦也来到过这里……后来，莫泊桑也来到过这里。他孤零零一个人，却在心中希望整个世界都能得到幸福。当年所有的理想主义者，所有热恋中的人，所有的年轻人，所有来到这里希望寻求到幸福的人，都离开了这个世界，并且永远地消失了。我和你终有一天，也会离开这人世……你想喝点酒吗？”我将手中的玻璃杯递了过去，他将酒给我斟满，然后带着几丝忧郁的笑容，补充说

---

① 《曼弗雷德》，英国诗人拜伦的诗剧，1817年发表，蒲宁于1903年将其译成俄文。

② 伯尔尼兹阿尔卑斯山脉，位于瑞士南部，是西阿尔卑斯山脉的一部分。

道：“我感觉，有一天我会与这片永恒的寂静融合在一起，我们都在它的门口站着，我们的幸福就在那道门里面。你记不记得易卜生说过的那句话：‘玛亚，你听见这寂静吗？’[①]现在我也要问你：你有没有听到这片群山的寂静？”

我们长时间地望着那层峦叠嶂，还有那将它们笼罩起来的清净而柔情的碧空。那空中充斥着秋天的绵绵无尽的忧郁。我们想象着自己进入了那深山的腹地深处，那人类的足迹还未曾触及的地方……阳光照射在那片周遭被山岭重重锁住的山谷，有一只兀鹰在山岭与蔚蓝的天空之间翱翔……山间只有我们两个人，我们向深山之中走得越来越远，就像那因为找寻火绒草而在深山之中死去的人们一样……

我们慢慢悠悠地划着船桨，用心聆听着正在渐渐消失的钟声，谈论着我们去萨瓦省的行程，商量着我们还能够在哪些地方逗留、可以逗留多久。但是我们的心却总是下意识地离开谈论的话题，陷入对幸福的向往之中。我们以前从来没有看过的自然风光之美，还有那艺术之美与宗教之美，不管是哪里的美，都能激发起我们生机勃勃的渴望，渴望我们的生活也能升华到如此美的高度，用内心的快乐将这样的美充实起来，并与人们共同分享我们的快乐。在旅途之中，我们无论走到哪里，凡是那些我们所看

① 此句出自挪威剧作家易卜生所著《当我们死而复醒时》一剧的第一幕。

到的女性都在渴望着爱情的降临，那是一种高尚的、浪漫的、非常敏感的爱情，并且这样的爱情使那些在我们面前闪现而逝的完美女性的形象神化了……但是，这样的幸福会不会只是个空中亭台呢？要不然为什么我们一步步地追求它，可是它却也一步步地朝着那茂密葱翠的树林与山岭之中隐退，渐渐远去？

与我在这次旅途之中一起享受了如此多欢乐与痛苦的那位旅伴[①]，是我一生之中所爱的几位有限的人中的一位，我所写下的这篇短文就是敬献给他的。同时，我借助这篇短文，向与我们志同道合却四散在天涯各处的朋友们致以敬意。

① 旅伴，指俄国画家、古物鉴赏家弗·巴·库罗夫斯基（1869—1915）。

深　　夜

蒲宁/文

这究竟只是一场梦境呢，还是如梦境一般神秘莫测的夜晚的生活呢？我感到那一轮带着忧郁气息的秋月很早便在天空之中徘徊，已经到了将白天的一切虚假与繁忙都抛却的休闲时间了。好像整个巴黎，它最贫穷的地方也被包括在内，都进入了沉沉的睡梦之中。我睡了很长时间，最后，睡眠慢慢地从我的身上消逝，就好像一个淡然从容又充满着关切之情的大夫将自己的手术做完，看到病人可以均匀地进行呼吸，慢慢地睁开双眼，为重新恢复的生命羞怯、愉悦地微微一笑之后，便从病人那里离开了。我醒来之后，将双眼睁开，看到自己处于那寂静而明亮的夜的国度之中。

在五楼属于我自己的房间里，我沿着地毯悄然无声地走到了窗边。我有时候会看着那发出微弱光线的宽敞的屋子，有时候会透过窗户上方的玻璃看着窗外的那一轮明月。月亮将它散发出的光线泼洒在我的身上，我久久地举目仰望着它的脸庞。月亮的光线穿透淡白色的绣着花边的窗帘，为这个房间增添了一丝微光。在这个房间里面是无法看到月亮的。可是，房间的所有的四扇窗户，都被那月光照得透亮，那窗外的一切也同样被照得一清二楚。月光穿过窗户，照到房间里的地板上，形成了几个或浅蓝色或银白色的拱状图案。每个图案之中，都会有一个由模糊的阴影所组成的十字架图案。但是那图案落到圈椅或是椅子上时，十字架就被轻柔地折断了。在靠着一旁的那扇窗子旁边的圈椅里面，坐着我心爱的人——她身穿着一套洁白的衣服，样子看上去就像一个小姑娘，脸色略显苍白但十分美丽。因为我们所遭受的所有事情，因为那些经常让我们由爱生恨的事情，已经使她疲惫不已了。

在这样的夜晚里，她为什么也不去睡呢？

我为了不与她的目光产生交集，便与她并排坐在窗台上面……是的，夜已经很深了——对面整个五层楼的墙，都处在了阴影的笼罩之下。那儿的窗户露着一个又一个黑色的洞，就像是失明的眼睛一般。我向楼下看去——街道就像一条幽深的、狭窄的巷子，那里的光线也很昏暗，并且街上一个人也没有。整个城市都是这样。只有那轮朦胧的月亮，斜斜地挂在空中，缓缓地移动着。有时，它又长时间地躲在如烟雾一般飘动着的云朵之中，一动也不动，就那样孤独而又冷静地守在城市上空。它直接照在我的眼中，虽然光彩夺目，却又有些残缺，因此让人感到有些可怜。那一层轻薄的浮云，如轻烟一般在它的旁边飘动着。在月亮的身边，那云也显得非常亮，如同融化了一般；稍微离远一点，便变得愈发深厚了；而延伸到屋脊后面，就完全变成阴森森、沉甸甸的一整块了……

我已经很久没有看到这样的月夜美景了！思绪把我带回了童年时代，在中俄罗斯那连绵起伏的丘陵，还有那稀稀疏疏的树木生长的草原上，那个遥远的几乎被我忘记的秋夜。在那里，在我老家的屋檐下面，月亮在偷偷地窥视着。在那里，我第一次发觉并爱上了它那温柔而苍白的面庞。在我的想象之中，我离开了巴黎，瞬间便隐约看到了整个俄罗斯，宛如站在高峰顶上俯视着下面一片辽远的大地。看哪，这就是波罗的海那泛着金光的荒凉的海面；看哪，这就是在昏暗当中朝着东方一直延伸的阴郁的松树林；看哪，这就是稀疏地生长着的森林、湖泊；在这下面，往南看去，是看不到边际的田野与平原。长达数百俄里的铁轨线路铺在森林之中，那铁轨在月光之下，散发出暗沉的光来。沿着铁路线，闪烁着那似乎永远也无法醒来的五颜六色的小灯，一个挨着一个，一直向着我的家乡伸去。在我的面前，那一片起伏连绵的丘陵所在的田野之上，有一所古老而灰暗的房子，在月光照射下虽然看起来破旧却散发出一种温柔来……小时候，那月光曾照进了我的房间；后来，它又看着我成了少年；而现在，它又与我一同对我那不幸的青春进行哀悼。就是这个月亮在一直陪伴着我吗？就是它在这明亮的夜的国度里，带给我慰藉吗？

“你怎么不睡觉呢？”我听到了一个怯生生的声音。

在长时间的、顽固的沉默过后，她先开口与我说话了，这让我的心中既感到痛苦，又觉得甜蜜。我低声地回答她：“我也不清楚……那你呢？”

我们又陷入了长时间的沉默之中。那月亮已经朝着屋檐那边落了下去，月光把我的房间照得很亮。

“请你原谅我吧！”我靠近她的身边说道。

她并没有给我回复，而是用手捂住了双眼。

我将她的手握住，慢慢将它们放了下来。我看到，她的脸上挂着晶莹的泪珠，眉毛抬得很高，并不停地抖动着，就像孩子的眉毛似的。我在她的脚边跪下，将脸紧紧地贴在了她的身上。我的泪水同她的泪水不断地淌下来。

“这难道是你的错吗？”她有些害羞地低声说道，“这难道不都是我的错吗？”

她破涕为笑，那笑看起来既快乐又痛苦。

我对她说道，我们两个人都有错，因为我们将在这个世界上快乐地生活所需要遵守的规则给破坏了。我们又真心爱着彼此，像那些一起饱经痛苦、一起感受迷茫，后来又一同找到特别珍贵的真理的人们一般深爱着彼此。此时，只有这苍白而忧郁的月亮，在见证着我们的幸福。

塞纳河岸的早晨

法朗士/文

在为景色披上无尽温情的灰蒙蒙的早晨，我喜欢从窗户那里向塞纳河与它的两岸眺望。

我看到过那不勒斯海湾清静明亮的蓝天，但是在巴黎，我们这里的天空更加生动、更加惬意，也更加含蓄。它就像人们的眼睛一样，知道微笑、愤怒、忧伤和快乐。这时，阳光照耀在那些为了生活而奔忙的人们和牲畜身上。

河岸的那边，圣尼古拉港强壮有力的劳力们，正忙着从船上将牛角卸下来，而那些站在跳板上面的搬运工们，正非常轻松地递着糖块，将货物装到船舱里面去。在北岸，梧桐树下面，一辆辆出租马车和马匹排列在那里，那些马匹把头伸进饲料袋子里面，安静地咀嚼着它们的燕麦；而那些车夫则站在酒店的柜台前面大口地喝着酒，并用眼睛的余光窥视着很可能早早起床出现在这里的顾客。

旧书商把自己的书箱摆在了河岸边的河堤护墙上。这些心地善良的精神商人，长时间地在露天的环境下生活，任凭风儿将他们的长衫吹起。他们饱经风霜雨雪、烟熏雾绕、日晒雨淋，变得像大教堂里那古老的雕像一样。他们全是我的好朋友。每次我从他们的书箱前面经过时，都能够发现我所需要的一两本书，那是我在其他地方无法找到的书。

一阵风将大街中心的灰尘、带着叶子的梧桐果实还有那从马的嘴巴里面掉出来的干草末吹了起来。其他人对于这被风刮起的尘土可能没有什么感觉，但是这种情景却让我想起童年时期凝望过的相似的情景，这让我这个老巴黎人的灵魂激动不已。我的面前是多么宏伟的场景：那如同顶针一般的凯旋门、那带着荣耀的塞纳河，还有那横跨大河两岸的桥梁、杜伊勒里宫中的椴树，文艺复兴时期如同雕刻镂空的珍宝一般的卢浮宫，还有那目之所及的最远处的夏约岗；右边那新桥的方向，是让人珍视万分并令人敬慕的古老的巴黎圣母院，它的塔楼还有那高耸直立的尖屋顶。这所有的一切，就是我的生命，就是我自己。如果没有这些以我思想里的那些无数微小的改变显现在我的身上、不断激励我、赐予我生机的东西，那我这个人也将不复存在。所以，我以我无尽的深情热爱着这座城市——巴黎。

但是，我却感到了疲惫。我觉得生活在一座拥有如此活跃的思想，教会了我思考并不断督促着我去思考的城市里，人们是没有办法歇息的。在这些不断将我的好奇心撩拨起来，虽然令它感到疲惫但是又永远无法让它满足的书堆里面，怎么能不让我感到亢奋和激动呢?

冬日漫步

梭罗[1]/文

我们也沉沉地睡了过去，醒来正是冬季的早晨。正值万籁俱寂之时，那积雪厚厚地堆在地上，窗户框上面好像铺了一层温暖舒适的棉花；那窗户的条楞显得更加宽大了，玻璃上面凝结了冰的纹路，光线照射进来暗淡而宁静，使得屋内的舒适愉悦的感觉增强了许多。早晨的这种安静，似乎是静寂到了骨头里面。我们走到窗户旁边，挑了一处没有被冰纹封住的地方站立，举目朝着田野的美景望去；可是我们只是走了这几步，脚下的地板已经发出了吱吱的声响。那窗外一座座房子都被白雪压顶；屋檐下面、篱笆墙上都挂满了一条条的雪条；院子里一条条雪柱如同石笋一般站立在那里，而那雪柱里到底藏了些什么东西，我们实在是看不出来。大大小小的树木朝四周延伸着自己白色的臂膀，朝着天空指去；原来是墙壁、篱笆的地方，变成了更加奇怪的形状，在

① 亨利·戴维·梭罗（1817—1862），美国作家、哲学家，超验主义代表人物。代表作品：《瓦尔登湖》等。

无比昏暗的大地之上，它们朝着左右方向延伸开去，似乎在欢呼雀跃着。大自然一夜之间好像将这田野的风光重新设计了一番，为的是让人世间的画师来进行临摹。

我们悄悄地把门闩拔了下来，那屋外纷飞的雪花，立刻落到屋子里面来；走到屋外去，迎面扑来的刺骨寒风，如同刀割一般。星辰已然不像之前那样闪耀着璀璨的光芒，天地交界之际，被一层混沌的如铅状的薄雾笼罩。东方显露出一种奇特梦幻的古铜色，这意味着天就快要亮起来了；然而这周遭的景致却依然模糊不清、幽暗深邃，处处是如鬼怪横行的黑影，不像人间。耳边的声音也携带着一种阴森气——鸡鸣犬吠，砍劈木柴的声音，牛群的低声嘶鸣——这些就像是冥河对岸冥界之神的农场中发出的声响；声音本来并没有什么让人觉得特别凄凉的地方，只不过是天还没有亮，这些活动显得太过于庄严、神秘，不像是人间应有的景象。院子里的雪地上面，狐狸和水獭留下来的足迹依然很新，这让我们想到：就算是在冬夜里那最沉静的时候，大自然之中的生物依然在活动着，并且在那雪地上面留下了自己的痕迹。我们将院门打开之后，迈着轻快的脚步，踏上了那孤独的乡村公路。积雪踩上去既干又脆，发出破碎的声响；农夫早早起来，驾着雪橇朝着远处市场驶去，他们是为了赶早市；这辆雪橇在整个夏天都在农夫的门口旁边闲置着，和木头屑与稻谷梗相伴，而现在总算能发挥自己的价值了。它发出的那尖锐清脆又刺耳的声音，对于那些早早起床需要赶路的人们来说，恰能提神醒脑。农舍的窗户上面虽然有很多积雪，但屋子里的农夫已经很早便将蜡烛点燃起来。那火光孤独地照射着，宛如一颗色泽暗淡的星星。树木与雪堆之间，那炊烟也在一个个房子的烟囱里向上升腾。

大地被封冻了起来，远处传来鸡鸣犬吠的声音；在各家各户的门口，也时时传来一阵阵劈柴的声响。空气是稀薄、干燥并且酷寒的，只有那较为美妙的声音才能进入我们的耳朵里。这种声音，听上去就有着一种虽然短暂但是非常动听的颤动；凡是特别清澈又特别轻柔的流体，那波动总是刚一出现旋即停止，因为那里面的粗硬的石块，早已沉到水底去了。那声音从地平线的远方传来，都像钟声一般清亮。冬日的空气清新明快，并不像夏天那般充满着各种杂质，所以声音也不像夏天那般粗糙含糊。脚踩土地，铿锵有声，就像叩响坚硬的古老的木头；一切乡村之间那平凡朴实的声音，这时听上去都是那么地美妙动听；树上的冰凌相互撞击着，那声音宛如流水，更像美妙的音乐。大气之中一点水汽都没有，水蒸气不是被干化，便是被冻成了冰霜。空气非常稀薄并且富有弹性，人在呼吸之间，自然而然地感觉到心旷神怡。天幕似乎是被绷紧了，朝后面收缩。人从下面向天空中望去，就像是身处于大教堂里一般，那头顶是一块拼接着另一块的连接成弧形的屋顶；空气之中闪耀着点点光亮，就好像有冰晶在里面浮游一般。据一个在格陵兰岛居住过的人对我们说，那边在结冰的时候，“大海在冒着烟，如同燎原的烈火一般；而且有一种名字叫作烟雾的雾气在蒸腾；这种烟雾对人体是有害的，能够伤害人的肌肤，使人的手和脸等地方长疮发肿。”我们这里的雾气却质地清纯，虽然冷气逼人，但也可以提神清肺；我们不能把它当成冰冻凝结起来的雾，只能将它看成仲夏之际那散发出来的雾气的结晶。它们经过寒冬的清洗，变得越来越纯净了。

最后，太阳总算在远处的丛林之间升了起来。阳光所照之处，空气中的冰霜都开始融化，那隐约之中好像有铙钹在伴奏，那铙钹每响一次，阳光的力量就增加几分；时间走得很快，一会儿便从黎明时分变成了早晨，而早晨也越发地苍老，很快将西边远处的山峦，镀上了一层醉人的金黄色。我们步履匆匆地踏着如干粉一般的积雪前行，可能是因为思想与情感变得更加激动，内心散发出一种无穷的热量，天气似乎也变得如同十月的小阳春一般温暖。如果我们能够将我们的生活进行改变，与大自然更加地和谐，我们也许就不用对这冬寒夏暑感到畏惧，我们将像那些植物与动物一般，认为大自然是我们的滋养者与益友，她将永远地关照着我们。

在这样的一个季节里，大自然显得格外纯洁，这让我们感到特别高兴。残枝枯木，有着青苔痕迹的石头和栏杆，在秋天凋零的落叶，现在都被大雪掩埋在下面，就像在那些东西上盖上了一块干净的手帕。寒冷的风一吹过，万物便被清扫得污物尽去，凡是不能坚守自身的，都无法抵御它的洗涤；所以只要是在那些寒冷与荒凉之处（比如在高山的山顶上），我们所能看到的一切，都值得我们去尊重，因为它们拥有一种坚强而朴实的性格——如同清教徒一般的坚韧性格。别的东西都去寻求能被佑护的躲藏之地了，凡是能够傲然在寒风中独立的，必然是天地灵气的精华，是大自然风骨精神的体现，它们拥有着如同天神般的无畏。空气经过寒风的洗涤，吸进肺中感觉特别清冽。空气的清明与洁净，甚至用我们的双眼也能看出来；我们宁可整天待在屋子外面，不到天黑绝不回去。我们希望那朔风像把大树吹得光光的一般，将我们的身体也吹得清透，让我们能够更好地适应寒冷的天气。我们希望借此向大自然借来一些纯洁坚强的力量，这种力量对我们而言，在一年四季之中都是有所裨益的。

雪　　夜

莫泊桑[1]/文

扬扬洒洒地下了一整天的雪，终于在黄昏时分渐渐停歇。大自然在夜幕的笼罩下，好像凝固了一般，所有的生命都悄然入梦。那近处或远处的山谷、平原、树林、村庄……都披上了一身银色的装扮，非常美丽。在这雪后初晴的夜晚，一切都悄无声息，一切都毫无生气。

突然，一阵凄惨的叫声从远处传来，将这寒夜的寂静打破。那叫声，听起来带有几分控诉，又带有几分哀怨，令人感到心中一紧！喔，是那条被原来的主人轰出来的老狗，蜷缩在前村的篱笆旁苦苦地哀鸣着：它是在哀叹着自己的不幸命运，还是在控诉着人类的薄情寡义？

那无边无际的平原旷野，在白雪的覆盖之下将身子蜷缩了

① 居伊·德·莫泊桑（1850—1893），19世纪后半叶法国批判现实主义作家，与俄国契诃夫、美国欧·亨利并称为“世界三大短篇小说家”。代表作品：《项链》《羊脂球》《我的叔叔于勒》等。

起来，看起来连挣扎一下都不愿意的样子。萋萋芳草，来去匆匆的翩翩蜂蝶，如今也都藏起来了，难觅其踪影。只有那几棵百年古树，仍然将它们那交错的枝干极力地伸展着，就像是那憧憧鬼影，又像那森森白骨一般，为那雪后的夜晚增添了几分凄凉与悲情。

那浩瀚的苍穹，无言地凝视着人间，更加显现出它的高深莫测。层层白雪之后，月亮将它那灰白色的脸露了出来，将那清冷的月光泼洒下来，更让人感到寒气逼人。与她相伴的，只有几颗点点寒星，令她也难免会去哀叹这寒夜的寂寞与凄凉。看哪，她的眼神是多么地悲伤，她的脚步又是多么地缓慢！

慢慢地，那月亮终于行走到此番旅程的尽头，悄然无息地在旷野的边际隐没了下去，只剩下一片青灰色的光芒在天际边飘荡。不一会儿，又看到那神秘无比的鱼肚白开始从东方的天空蔓延开来，就像一幅轻柔的纱幕四散开来，将整个大地笼罩其中。寒意更加地浓烈了！那沉积在枝头的积雪，也在不知不觉之间，凝结成了如同水晶一般的冰凌。

啊，这美丽得如同画作一般的夜晚，却成了令小鸟儿们惊悚害怕、煎熬万分的时光！它们的羽毛被融雪打湿，可怜的小脚也被冻僵；那刺骨的寒风在树林间往来驰骋，耀武扬威，将它们那可怜的鸟窝吹得摇摇欲坠；那疲惫不堪的双眼刚要合上，却又被一阵阵寒冷惊醒……它们只有颤抖着身子，打着冷战，神情忧郁地望向那处处洁白的平原，期待着尽快送走这漫长的冬夜，迎来一个充满希望之光的清晨。

美洲之夜

夏多布里昂[1]/文

一天黄昏时分，我在距离尼亚加拉瀑布不远的丛林深处迷了路；就在那一瞬间，太阳的光芒在我的周围熄灭了，因此我欣赏到了新大陆的荒原之中美丽的夜间景色。

日落之后的一个小时里，月亮悬挂在对面的天空之中。那夜空的皇后，自东方来到了这片丛林中，带着那沁人心脾的微风，犹如她那清新的气息。那孤独的星星不断地向上升起：她一会儿平和而安详地持续着她那在蔚蓝之中的奔跑，一会儿又好像在那笼罩在白雪皑皑的高峰之巅的云彩上小憩。云彩们一会儿掀起来它们的面纱，一会儿又把它们给戴了上去，那漫延开去的云彩，宛如一片洁白的烟雾，又如一团团散落在各处的轻盈泡沫，又或如在天空之中絮状的夺目的长长的海滩。它们看上去是那么轻盈、那么柔软、那么富有弹性，就好像伸手可以触摸到一般。

① 夏多布里昂（1768—1848），法国18至19世纪作家、政治家、外交家，法国早期浪漫主义的代表作家。代表作品：《阿达拉》《基督教真谛》等。

地上的情景也是让人沉醉不已的：那如同天鹅绒一般的散发着淡蓝色的月光，照进了树林里，将那一束束光线投射到那丛林最深处的黑暗里。我脚下潺潺的小河，有时在树木之间消失不见，有时再露其容颜，河水与夜空中的群星交相辉映。河的对岸是一片草原，草原上面是那似乎已然熟睡的月光；几棵稀稀疏疏的白桦树，在微风的吹拂下摇曳。在这静止不动的光的海洋之中，这树宛如几处暗影浮动的岛屿。如果没有那片片树叶的掉落、那乍然而起的阵风、灰林鸮的声声哀鸣，这四周本应属于一个寂寞的无声世界；那远处时时传来的尼亚加拉瀑布的低沉的吼叫声，在寂静的夜中穿过重重荒凉的平原，最后在那遥远的森林之中沉寂下去。

这幅图画的宏伟雄壮与令人胆战心惊的凄凉，是人类的语言所无法准确表达的；与欧洲最美的夜景毫无吻合之处。想要在已经有人耕种过的田野之上来扩展我们的想象，是一种徒劳；它并不能越过那四面林立的村庄；但是在这片未经人开发的荒蛮的原野上，我们的灵魂将非常愿意走进这林海的最深之处，在那瀑布下的深渊上方自由飞翔，在那湖畔与河边静静地沉思，并且可以说，是傲然独立在上帝的跟前。

生活在大自然的怀抱里

卢梭[①]/文

因为要去花园里欣赏日出，我起得比太阳还要早；如果这是一个晴朗的天气，我最迫切的期待就是千万不要有什么信件或是访客把这一天的清静给扰乱。我利用上午的时间处理各种各样的杂事。每一件事都是我愿意去做的，因为这些事并不是一定要马上处理的急事。然后我用很短的时间吃完午饭，是为了避免见到那些我不欢迎的访客，并让自己拥有一个宽松的下午时光。就算是在天气最炎热的日子里，中午一点之前我就顶着炎炎烈日带着芳夏特[②]出门了。由于我害怕那些不请自来的客人会让我无法脱身，我加快了脚步。但是，只要拐过一个路口，我就会觉得自己获得了解救，于是我心情愉悦地松了一口气，对自己说道："今

① 让-雅克·卢梭（1712—1778），法国思想家、哲学家、作家、教育家。18世纪法国大革命的思想先驱，法国启蒙运动最卓越的代表人物之一。代表作品：《爱弥儿》《忏悔录》《社会契约论》等。

② 芳夏特，卢梭养的一只狗的名字。

天下午就由我来做主啦！”

之后，我会踏着平和的脚步，到树林之中找到一个人迹罕至的荒野之地，那是一个没有任何压迫与奴役痕迹的荒凉的角落，一个我确定在我之前从来没有人来过的寂静的一隅。在那里，不会再有任何让人讨厌的第三者横插在我与大自然中间。在那里，大自然在我眼前展现的是一幅永远清新美丽的风景。金黄色的燃料木、紫红色的欧石南长势丰茂，它们给我留下了深刻的印象，让我无比喜悦；头顶巨树的宏大伟岸、四周灌木丛的纤细秀丽、脚下花草令人惊叹的纷繁多姿，这些景致让我眼花缭乱，不知道应该是加以观赏还是加以赞叹；这么多美好的事物竞相吸引着我的目光，让我目不暇接，让我在每一种事物面前驻足欣赏，从而也助长我的懒散与喜好遐思的习惯，让我时常想到：“不，就算全身光彩无限的所罗门也无法与其中任何一个相提并论。”

我的想象不会使这片如此美丽的土地长久地人迹罕至。我按照自己的愿望，马上在这里安置居民住了下来，我将舆论、偏见与所有虚伪的情感统统赶得远远的，让那些有资格享受这般美丽环境的人搬到这大自然的乐园中来。我要把他们组建成一个亲密无间的社会，而且我相信自己并不是一个与其不相称的存在。我依着自己的喜爱建立起一个黄金时代，并用那些我所经历过的为我带来美好回忆和我的心灵至今仍在期待着的情景，将这美好的生活填充起来。我对于人类真正的快乐是多么地心驰神往，它是那么甜美、那么纯洁，但是如今它已经离人类越来越远。以至于每当我想到这些，我就抑制不住我的泪水。

啊！就在此刻，如果有关巴黎、我的时代、我作为作家的卑微的虚荣的想法把我的遐想所扰乱，我就会怀着极度的轻视马上把它们全都赶走，使自己专注地沉浸在这些将我的心灵充满的美妙情感之中。但是，在这样的遐想之中，我承认我所幻想的虚无有些时候会突然让我的心灵承受苦痛。甚至就算让我梦想中的一切变成现实，我也无法从中获得满足：我还会产生新的梦想、新的期待与新的渴望。我感觉我的身上有一种不会有任何东西可以将其填满的难以言说的空虚，有一种虽然难以言说但是仍然感觉到非常需要的对于某一种别样欢乐的神往。然而，先生，甚至连这样的神往也是一种欢乐，因为我从此被一种强烈的情感与一种醉人的伤感所充盈——而这些全都是我难以割舍的东西。

我马上将我的思想从低点上升，转而面对这整个自然界的一切生灵，转而面对事物的普遍系统，转而面向那不可思议的将一切掌控在自己手中的上帝。这时，我的心在这大千世界里迷失了方向。我停止了思考，不去冥想，放弃哲学推理；我心怀快感，感受着宇宙所带来的重压。我在这些伟大观念的混杂交织之中陶醉，我的想象在这广袤的天地之间尽情驰骋；我这颗被生命的界限所禁锢的心灵已经无法承受此中极度的狭隘，我在这天地之间感到透不过气，我希望将自己释放到一个无边无际的世界里去。

我相信，如果我能将这大自然的一切奥秘全部洞悉，我也许就不会感受到这种种让人讶异的迷醉，而是处于一种并不甜蜜的状态之中；我的心灵在这变幻莫测的佳境之中沉醉不已，这令我在亢奋之中时常大声地呼唤着："啊，崇高的上帝呀！啊，崇高的上帝呀！"但是，除了这些，我无法说出也无法思考任何其他的事情。

忘却，但是他们必然不会将我遗忘；然而，这又算得了什么呢？反正他们也没有什么招数来打扰我的平静。将这大千世界所导致的各种世俗的情欲彻底摆脱，我的灵魂就会时常在这种氛围之中神游，提前与天使们进行亲密的交流，并希望不久之后我也能顺利进入这一行列。我知道，人们将全力阻止把这一处美好的隐居之所还给我，因为他们早就不希望我在那里继续待下去了。但是，他们却无法阻止我每天振动着想象的翅膀飞到那里去，我可以重温住在那里的喜悦长达几个小时之久。我还能做一件更加美好的事情，那就是我可以肆意畅想。我想象自己现在就在一个岛屿之上，我不是也可以去尽情遐想吗？我甚至可以在这样的想象之中更进一步，为这种抽象的有些乏味的畅想平添几个让人喜爱的形象，让这种畅想显得更加生动有趣。在我沉迷时这些形象到底意味着什么，甚至我的感官都是经常说不清楚的；现在，我的畅想越来越深入进去，它们也就被我的想象勾画得越来越明确了。与我当时确实在那里的时候比起来，我现在经常是将自己与这些形象更深入地相融合，与它们生活在一起，心情也越来越舒畅。然而，不幸的事情是，我的想象力已经在不断退化，这些形象越来越不容易在我的脑海之中浮现出来，而且也不能够长时间地停留在那里。唉！当一个人开始从他的躯壳之中逃离时，却正是他的视线被他的躯壳遮挡得最厉害的时候！

尼亚加拉大瀑布

查尔斯·狄更斯[①]/文

那天的天气潮湿阴冷，令人非常难受；浓雾弥漫，几乎凝成水滴，树木在这北国之中还都赤裸着枝桠，感受着浓浓的冬意。不论什么时候，只要车子一停住，我就会凝神谛听，看能否听到瀑布的声音，同时，我不停地向我觉得瀑布所在的方向拼命地看着；我知道瀑布就在那个方向，是因为我看见河水朝着那边滚滚流淌；每一分钟我都在期盼着能够看到飞溅的浪花出现在面前。就在我们停下车子的几分钟前，我看到了两片飘逸的白云，从地心深处慢慢升起。当时所看见的，仅此而已。后来我们终于下了车；于是，我才第一次听到洪流的轰轰巨响，同时觉得脚下的大地都在颤动。

崖壁陡峭，又因为刚才下了一阵雨与融化了一半的冰，地面滑滑的，所以我也不清楚自己是如何下去的。不过我没用多久就

① 查尔斯·约翰·赫法姆·狄更斯（1812—1870），英国作家。代表作品：《大卫·科波菲尔》《雾都孤儿》《双城记》等。

到了山脚了，与两位英国军官（他们也正好走到这里，现在与我站到了一处）攀爬到了一片凹凸不平的乱石堆上面。当时，瀑布的声音震耳欲聋，水花飞溅，使人眼睛难以睁开，我们几个衣衫尽湿。原来我们正巧站在了大瀑布的下方。我只能看到巨大的水幕从天而降，但是对于这片巨瀑的形状和地理位置完全不清楚，只觉得迷迷蒙蒙，对面对着的滔天巨瀑深感浩瀚。

我们坐上了小船，从紧挨着这两处大瀑布前面那条湍急的河中经过的时候，我才渐渐明白过来是怎么回事；但是我有些心神恍惚，因为无法领会到这样的光景到底有多么宏大。直到我来到平顶岩再看那瀑布的时候——我的天，一片晶莹碧波仿佛倒悬在那里——它的磅礴气势，浩瀚神威，在我眼前豁然显现。

这让我觉得，我所站之处与造物主多么接近，那一刻，这宏伟的景象给了我深刻的印象，同时也成了永恒的记忆——一刹那的感觉，也是永远的感觉——是一种平静安宁的感觉：是心的恬静，是灵的安适，是对于死去的人的淡薄平和的回忆，是对于永世的安息与永世的幸福最深切的展望，没有掺杂一点黯淡的心绪，没有掺杂一点恐怖的念头。尼亚加拉在我心里瞬间留下了难以磨灭的印象——这美丽的形象，将永远留在我的心中，不会更改，不会被遗忘，直到我的生命走到尽头。

我们在这天帝所创造出来的、鬼斧神工的地方待了十天，在这永生难忘的十天中，日常生活中的种种烦扰被彻底抛到了脑后。巨瀑的轰鸣声对我而言是多么振聋发聩啊！在尘世之中绝迹而又在这晶莹垂波当中出现的，是怎样的面目啊！在这变化无常、横亘半空的彩虹周围，天使的泪珠是何等的玉明珠圆，多彩纷呈！在这天使的眼泪中，上帝的心意，又是怎样显现而出啊！

现在，我在平静的时候会经常想：那片浩瀚汹涌的水域，依旧整日砰砰訇訇，雷鸣不止，飞悬倒洒，横冲直撞；那些彩虹依旧在它的下面一百英尺①的高空中弯身横跨。阳光照在水面上的时候，它依旧像玉液琼波，晶莹透彻。天色暗淡下来，它依旧像玉屑琼霰，纷纷扬扬；像细碎的微屑，从白垩质的崖壁上簌簌剥落；像如棉如絮的烟霭，从山腹幽岫中阵阵喷涌。然而，当这滔天的巨瀑向下流的时候，永远都像要先死去一样，它那以水为国、万丈深渊般的坟墓中，永远布满浪花与迷雾的魂灵，强大到没有什么东西能与之相比，永远也不会被降服。当宇宙还处在一片混沌中，当水面被黑暗掩盖的时候，在遍地的巨瀑——水——之前，另一片漫天的巨瀑——光——尚未经上帝的吩咐而瞬间笼罩宇宙的时候，这片滔天巨瀑就在此处庄严而肃然地显现异灵。

---

① 英美制长度单位，1英尺等于0.3048米。

冬天之美

乔治·桑[1]/文

一直以来，我深爱着乡村的冬天。我对于富翁们的喜好真是无从理解，他们在一年之中最不适合举办舞会、讲究穿衣打扮和挥霍放纵的季节里，把巴黎当成了狂欢的舞台。在这冬天时节，大自然邀请我们围在火炉旁边，享受天伦之乐。也只有在乡村之中，才能够欣赏到这个季节难以见到的明媚阳光。在我们国家的大城市里面，那四处散发着臭气与冻结在一块的烂泥好像永远没有被晒干的那一天，看到它们就让人感觉恶心。而在乡村，一片阳光抑或是刮上几个小时的清风就可以让空气变得清新无比，让地面变得干爽起来。可怜的城市工人虽然对于这点非常了解，但仍然出于无可奈何的缘故在这个垃圾场里面待了下去。富翁们所过的那种刻意的、有违规律的生活，是在与大自然的安排对抗，

① 乔治·桑（1804—1876），法国著名小说家，是巴尔扎克时代最具风情、最另类的小说家。雨果曾称颂她“在我们这个时代具有独一无二的地位。其他伟人都是男子，唯独她是伟大的女性”。代表作品：《安蒂亚娜》等。

结果必然是毫无生机。英国人选择到乡间的别墅过冬，这是比较明智的。

在巴黎，人们虽然印象之中觉得这大自然会有半年的时候处于毫无生机的状态，然而小麦在秋天就开始慢慢地生根发芽，而冬天那惨淡的阳光——大家习惯用这样的语句描述它——却是一年之中最为炫丽与辉煌的。每当太阳拨开层层云雾，当它在那严寒的冬季黄昏时分身披闪耀着光芒的紫红色长袍降落时，人们简直难以承受它那刺眼夺目的光彩。就算是在我们这虽然非常寒冷却偏偏被人用“温带”这种不恰当的词称呼的国家里，自然界中的万物永远都不会褪去那一身盛装，也不会失去生命的勃勃生机。广阔的麦田里如同铺上了一层色泽艳丽的地毯，而那天边低矮的太阳在上面降下了如同绿宝石一般的光芒。地上被一层美丽的苔藓所铺满，那华美的常春藤上面，似乎被人涂以像大理石一般的鲜红色泽与金子一般的斑斓花纹。报春花、紫罗兰还有孟加拉玫瑰，都在雪层下面躲藏着，偷偷地在里面笑着。由于起伏的地势，由于机缘的巧合，还有另外几种花儿也躲过了这酷寒的天气幸运地存活了下来，因此会让你随时感受到意外的惊喜。虽然已经看不到百灵鸟的身姿，但是有很多热闹而漂亮的小鸟从这里路过，在河边小憩！当地表的白雪如同璀璨夺目的钻石一般，在阳光之下闪烁着迷人的光彩，或是当那些挂在树梢上的冰凌组合成一幅鬼斧神工的神奇的水晶花纹时，会有什么要比那洁白的雪更加美丽动人的吗？在漫漫长夜的乡村，大家都亲热地聚在一起，好像时间也成了让我们驱使的仆人。因为大家能够沉静下来思考，因此精神生活也变得丰富起来。在这样一个夜晚，与家人在火炉边围坐在一起，难道不是一件最快乐的事吗？

在海边的一个冬日

惠特曼[①]/文

不久之前，十二月里的一天，当天的天气十分晴朗。我坐上由坎登去往大西洋城[②]的这条老旧铁路线的火车，在经过了一个多小时之后，就来到了新泽西[③]的海边。在那里，我度过了一个中午时分。一杯可口的浓咖啡，还有一顿非常丰富的早餐落肚之后，让我感到精力充沛。这是我的好姐姐露亲自做的早餐——食物非常美味，并且很容易被吸收，让人变得强壮，随后一整天我都过得非常舒适惬意。

最后一段旅途大概有五六英里远。火车驶入了一片宽阔的盐泽草地之中。那里大小的盐水湖交相辉映，小河的河道纵横交错，菅茅草的芬芳迎面扑来的时候，让我想起了“麦芽糖浆”还

① 沃尔特·惠特曼（1819—1892），美国著名诗人、人文主义者，创造了诗歌的自由体。代表作品：《草叶集》等。

② 大西洋城，美国新泽西州城市。

③ 新泽西州，美国第四小以及人口密度最高的州，被称为“花园州”。

有家乡南边的海湾。我本可以在晚上再到这平坦而散发着香气的海边草原纵情游玩的，然而从十一点到下午两点，我几乎都在这海边，或是在可以看得到大海的地方。我听着大海那低沉嘶哑的声音，吸着那凉爽又让人感到愉快的轻风。我先是坐着车，那车轮在坚硬的沙地上匆匆忙忙地行驶了五英里，但是却并没有什么变化。后来，我吃过饭后（大约还有两个小时的空闲时间），朝一个方向走了过去，看不到任何人，拥有了一间小屋，看起来像是海边浴场的客厅。这海边四周的景致任由我一个人尽情地观赏，尽管离奇，但是非常有意思，让人感到心情舒畅，毫无阻碍。我的四周，都是一片兼毛草与迟麻草。空旷，那朴实得不留一点多余装饰的空旷。船就在远方，再往远处看去，只能看到一艘朝着这边驶来的轮船，并且拖着一股黑烟。海船，双桅横帆船与双桅纵帆船的身影则更加清晰。它们这些船大多乘着强劲无比的海风，船帆被吹得高高飘扬。

无论是海上还是岸上，都充满着让人心动的魅力，让人心驰神往。它们的朴实简单，甚至它们的空旷，令人产生无限遐想。

它们在我的心中或间接或直接地唤起了什么？那延伸开去的海浪，那白灰色泽的海滩与海盐，都单调得毫无知觉——完全没有艺术气质可言，没有歌词，没有诗句，也不够风雅，但这个冬日却是无法形容地让人备受鼓舞，虽然可谓酷冷，却看上去如此柔美，如此超凡脱俗。它甚至比我读过的任何一首诗、看过的任何一幅画、听过的任何一首歌曲，都更加深刻而不可思议地打动着我的情感世界。（但是，我要说一句大实话，这大概正是由于我之前读过那些诗句，也听过那种歌曲吧！）

第五章

我的信念

妻　　子

华盛顿·欧文[①]/文

我经常谈到女人在遭受不幸的灾难时所展现出来的那种坚强意志。一些会令男子丧失锐气并陷入萎靡不振的灾难，通常会激发起一些平时看起来柔弱的女人的内在精神潜质，使她们的性格中增添一种无畏而又高尚的品格，这样的品格有时近乎崇高。女人天生便是这般文雅柔顺而又纤弱娇嫩，这个世间没有什么能与之相比的，她们凡事都很依赖，经常将自己埋没于家庭琐事中，然而一旦有不幸的事降临，她们便会变得十分坚强，勇气十足，带给丈夫很多宽慰与鼓舞。她们即使身处逆境，也永不放弃，无所畏惧地与苦难进行抗争。

女人宛如一根生生不息的藤蔓，用它那优美的枝条缠绕着橡树，借助橡树的高度让自己沐浴在阳光之下。当结实的树干被雷电劈裂时，藤蔓也会生死相随，不离不弃，并且用它那纤柔的枝

① 华盛顿·欧文（1783—1859），19世纪美国最著名的作家，被称为“美国文学之父”。代表作品：《纽约外史》《见闻札记》等。

条牢牢地环抱着受损的树干。这一切便是上帝的奇妙安排。在男人事事顺心的时候，女人牢牢地依附男人生活，成为男人生活里的装饰品，然而一旦灾难降临，女人便会转而成为男人的精神支撑，宽慰他，令他受伤的心灵得到安抚，轻柔地抬起他那垂下的头，抚平他心里的伤痕。

我曾经向一位友人致以诚挚的祝贺，他的家庭幸福温馨，夫妻两人恩爱和谐，一家人过着快乐而幸福的生活。他曾满怀热情地说："我送给你最美好的祝福便是像我一样拥有理想的妻子和儿女——在你一帆风顺的时候，他们能与你共同分享快乐；当你处于困境的时候，他们便能带给你很多慰藉。"一语中的，我也注意到了，已婚男士与单身男子如果同时深陷困境中，二者相比，已婚男士能够更快地重新找到自己的社会位置。其中部分原因就是，已婚男士的妻子柔弱无助，只能依靠丈夫才能在社会上生存，于是他肯定要非常努力地去奋斗；不过最主要的因素是，家庭的温暖可以抚慰他那受伤的心灵，缓解他的伤痛，虽然此时他的世界黯然失色，尊严蒙羞，然而他还有一个充满爱而又非常温馨的家庭，在这个家园中，他便是独一无二的国王。而单身男子因为没有家庭，并且毫无牵挂，往往会肆无忌惮地挥霍、自暴自弃，执意认为自己孤独无依，已经被社会抛弃了。他的心俨然变成一座废墟，如同一座被舍弃的高楼，渴望着有人来此居住。

这让我想起一个发生在我身边的小故事。我的好朋友莱斯利和一个才貌俱佳的中层阶级女性结婚了。其实，她没有多少财产，而我的朋友却很有钱。他愿意满足妻子所提的一切心愿，并且有一种可以使女性魅力得到很大提升的高雅品位和无穷的想象力——“她会过上童话般的美好生活的。”我的好友这样说道。

他们的性格反差反而促进了彼此相处的和谐美满。莱斯利是一个稳重而不乏浪漫的人；而他的妻子是一个积极乐观而不失激情的人。我常常发现，莱斯利即使是在大庭广众之下，依然会带着炽热的目光注视着她，虽然沉默无语，却又充满了甜蜜——她令人着迷的地方便是全身散发出一种朝气蓬勃的气场；在大家向她致以喝彩的时候，她的眼睛会不由自主地搜寻着他，似乎想从他那里得到一种关注和赞许。当娇小玲珑的她依偎在高大威猛的他的怀里时，二者形成一种强烈的对比。她抬头注视着他，眼神中似乎流露出一种胜者的快乐和柔情似水，是那般爱慕而又充满信赖。而他显然也很乐意承担这份甜蜜的责任，成为她一辈子的依靠，直至两人白发苍苍。显而易见，他们的婚姻道路是一条铺满鲜花而又十分幸福的婚姻之路，前景光明。

然而新婚燕尔之后没过几个月，灾难便降临到了他的身上。他在一桩生意上投入了一大笔钱，但万万没想到生意最终失败了，血本无归，他几乎变得一贫如洗。那段时间，他独自一人承受着所有痛苦，变得憔悴不堪。更让他感到痛苦的是，他还要在妻子面前强颜欢笑，不敢有所流露，更不知道要如何向她据实相告，唯恐她也为此大受打击。只是这又怎么能瞒得过妻子那充满爱意而又能洞悉一切的眼睛呢。她已经发现他的神情日益憔悴，连那些逗她开心的话也变得沉闷无味。她勉强振作精神，温情软语地安抚他，期望他能够振作精神，然而这样的做法犹如一把利剑更深地刺进他那伤痕累累的心灵。他越是看着妻子这般善解人意，一想到不久就会连累她深陷困境，心里就越发感到愧疚和伤心。他想着，甜美的微笑将在不久之后便从她的脸上消失，也不会再有心情唱歌，痛苦会让她眼睛暗淡无光，那颗朝气蓬勃而又快乐无比的心，将如同自己的心一般，被这世上的烦恼和不幸压得喘不过气。

一天，他实在是忍无可忍了，一见到我，便用一种绝望到了极点的语气倾诉着自己的现状。我听完后，便问道："发生的这些事情，你的妻子知道吗？"他一听到这句话，顿时痛哭流涕。"请看在上帝的份上，"他高喊着，"要是你还有一点怜悯我，请别在我的面前提她，我现在一想起她，就会心如刀割，几乎要发疯了！"

"你为什么不告诉她实际情况呢？反正她总会知道的，你无法永远瞒住她。再说，如果从别人那里得知了实情，那样远比你亲自陈述更令她震惊。即使是最不幸的信息，从自己心爱之人的口中说出来也会显得温和许多。此外，你的做法相当于舍弃了你从她那里获得恻隐和宽慰的权利。不仅这样，你的做法甚至会伤害到你们通往彼此内心的唯一桥梁——彼此坦白的想法和感情，很快她便会觉察出是什么事令你暗中痛苦。真爱是绝不允许有丝毫的隐瞒的，一旦她知晓丈夫对自己的伤心之事缄默不言时，她就会深切感受到自己受到了忽视和伤害。”

“也许的确如此，但是，我的朋友！想一下，要是我将所有的事情向她全盘托出，一旦她得知自己的丈夫竟然是个穷光蛋，她将会受到怎样沉重的打击呀——那无异于将她的灵魂扔进深渊！她原本能享受生活里的各种高雅情趣，在社交之中获得许多愉悦，可她现在偏偏要和我一起深陷穷困潦倒的困境中，往后就要过一种卑屈至极的生活。我如何能去告知她，是我把她从原来的社交圈里拉出来的，她曾是一个在社交圈中极受瞩目而又令人艳羡的人，现在却要她忍受穷困的生活，这要让她如何接受？她是从富裕优越的生活中长大的，如何能忍受被别人轻视？她从来都是社交圈里的风云人物啊！啊，知道这些事会使她心碎的，她一定会为这些事心碎的！”

他尽情述说着自己的痛苦，我在一旁沉默地听着，无需劝慰，这倾述本身就能够减缓人们的痛苦。在激烈的情绪逐渐得到平息之后，他又变得沉默起来。因此，我再度提起之前谈论的话题，劝他要对自己的妻子如实相告。他听了我的这番话，伤感而又坚定地摇着头。

“但你不可能一直瞒下去的，她总有一天会知道的，你必须拿出确实可行的办法改变自己目前的处境。你也必须要改变一下自己的处事方式——并且，”说到这个地方，我发现一丝悲伤的神情从他的脸上一闪而过。“不要再为此受折磨了，我深信，你从来没有将自己的幸福停留于表面的浮华上——你还有为你送上无限温暖的挚友，他们绝不可能因为你的住房不如从前富丽豪华而看不起你。你一定要坚信，不是唯有皇宫才可以让玛丽觉得幸福——”

“我们一定会幸福的。”他激动地喊着，“即便住在茅草屋中！——我能与她共度艰苦的日子，就算是去过最卑贱的生活。——我可以的！——我一定可以的！——愿上帝护佑她！——愿上帝护佑她！”他说完这些，便当即开始哀哀戚戚地失声痛哭。

“请你相信我，朋友，”我说着并上前握紧了他的手，“请你相信我，她与你一样，甚至比你更有勇气承受这些，她会为此引以为傲，并将这件事作为另一种成功的起点——这件不幸的事会激发她潜藏的能量及强烈的怜悯之情；她会以行动来证实，她真正爱的是你这个人，而非其他的外在物质，在每一位忠贞的女子心里都有圣洁之火，在事事顺心的生活中，它藏匿于阳光之中，一旦逆境的黑夜遮住它时，她便会将激情燃烧起来，让那白色光芒照亮整个黑夜。唯独与她一同经历过世上烈火燃烧的考验，男人方才领悟妻子在自己心里的地位——明白她能让你重新调整身心，振作精神，成为命运的强者。”

或许是我诚挚的态度和恰到好处的言语打动了莱斯利的心，他有点激动，并且进入了沉思状态。我非常了解他，此时此刻我不能拖延，要趁热打铁，竭力劝他向自己的妻子据实相告。

我不得不承认，劝说的话已经说尽了，然而我还是对这件事的结局迟迟放不下心。有谁可以指望一向生活在富足中的人能有一个坚毅的品格呢？她乐观的性格或许会抗拒这从天而降的打击，无法面对暗淡无光的下坡路，难以忍受这样的卑贱生活，仍然会憧憬从前那些觥筹交错的美好日子。另外，一旦时髦的生活被打破，接踵而来的很可能就是被人羞辱，这对在其他阶层的人来说，也是极其罕见的经历。总的来说，第二天，当我再次见到莱斯利的时候，心里还是有几分忐忑的。他对我讲述了现况。

“她听了之后，有什么反应？”

“她像一个天使一样！当她听完我的那番话之后，仿佛获得解脱一般，立刻搂着我的脖子关心地询问我近期闷闷不乐是不是就是为了这件事。——但是，可怜的妙人儿啊，”他接着说道，“她好像还没有意识到我们接下来将要承受什么。她对于穷苦的认知可以说是非常抽象的，只读过相关的诗歌篇章，在那些诗歌中，穷苦总与爱情密不可分。她一向过着舒服而又高贵富裕的生活，如今我不得不让她与我一同去过贫苦的生活，这会让她丧失希望，尊严蒙羞——这将是一个多么严酷的考验啊！”

“然而，你能向她坦露一切实情，便已是度过了最难熬的一关，眼下你赶紧将情况告诉大家。虽然这么做会令人伤感，但长痛不如短痛，过了这一关，很快便能适应了。若不这么做，你还要时不时地受罪。令你受罪的不是贫穷，而是虚伪——高傲的自尊心与身无分文作斗争——还不如不要这样虚无的伪装。能有坦露贫穷的勇气，定能战胜随穷困而来的各种问题。”我察觉到莱斯利早已有了心理准备。他并没有妄自尊大，而他的妻子仅仅是急于尽快适应这突如其来的不幸命运。

几天后的一个晚上，莱斯利上门拜访。他说他在乡间买了几间房舍作为落脚的地方，距离城市不远，只有几英里。新房摆不下太多东西，于是他变卖了以前的豪华家具，只将他妻子的一把竖琴留了下来。他说，他的妻子与那把竖琴十分亲密，只要一看到那把竖琴，他就会想到她，还有他们甜蜜爱情中的一个小插曲。在他们恋爱的那段时光中，竖琴一直陪伴在他们左右，他经常倚靠在竖琴旁，聆听着她那在琴音伴奏之下美妙而动听的歌声——这是个浪漫而不乏激情的丈夫，我不由得笑了起来。

莱斯利说完这些，便决定回家了，他的妻子在新房子里布置了整整一天。我对他们家庭的后续发展深感兴趣，于是决定在美丽的夜色之下，陪他回家。

劳累了一天的莱斯利筋疲力尽，在回去的路上，他时常陷入深深的忧思中。

“玛丽太可怜了！”终于，这种安静的气氛被打破，他悠悠地叹息了一声说道。

“有什么事发生了吗，她怎么啦？”我问他。

“还能有什么事？”他不耐烦地朝我扫视了一眼，“难道落到这种只能窝在残破村屋，并且要像个奴仆一样操劳的窘境，这还不够可怜吗？”

“她对这一切变化，有过埋怨吗？”

“埋怨？！完全没有，她还是一如既往地可爱，心情愉悦。她显示出了从未有过的勇敢，而且对我的爱始终如一，给予我无限的温柔和安慰！”

“这是个可敬可佩的女人！”我对他大声说道，“你自称穷人，而实际上你从没有这般富有过——你压根儿没意识到，拥有一位这样的妻子就等于拥有了一座巨大的宝藏。”

“哦！不过，朋友啊，如果能够在村屋平安度过最初的一段时间，我还是可以获得一些安慰的。但今天是她体验穷困生活的头一天。她还从未见过这般简陋的居住地，她一天到晚都忙于布置寒碜的家产——这还是她头一次干家务，头一次住进寒酸的住所里，身旁没有一件高贵的物品，甚至连一件像样而又便捷的日用品都没有。说不准，她此刻正唉声叹气地坐在房里，烦恼着那即将到来的苦日子呢！”

我不得不承认，莱斯利的这些忧虑不无道理。于是我们接着沉默着向前走。

我们走过大路，拐进一条窄小的巷道，两旁绿树环绕，郁郁葱葱，遮天蔽日，远离人烟，远远便能一眼望见那座村舍。哪怕是最优秀的田园诗人也不得不承认这座乡村居所是如此粗陋不堪，却也透出一种特殊的乡村味道。村舍的一侧墙壁满是野生藤蔓；几棵大树的枝桠在屋顶上优雅地舒展着。我瞧见屋前和门口处摆放着几盆花，分外添了些趣味。一扇门直通前方的小径，蜿蜒的小径穿过灌木丛通向大门口。我们刚一靠近便听到了美妙的歌声——莱斯利立刻把我的胳膊抓住，之后，我们停下脚步，静静地聆听着玛丽纯朴而不乏柔美的歌声，唱的是莱斯利最爱的那首歌曲。

我注意到莱斯利的手有些颤抖。他往前挪了几步，希望听得更清楚些。他的双脚踩在铺满沙石的小径上，响起了清晰的脚步声，立刻引起了屋里人的注意，一张快乐而漂亮的脸在窗前一闪而过——响起了一阵轻盈的脚步声——玛丽欢快地走出门外迎接我们。她身穿一件白色的乡间服饰，几朵鲜花插在她的金发上。她喜出望外，兴奋之情表露无遗——我从没有见过她这般可爱迷人的模样。

“乔治，亲爱的！”她朝莱斯利大声说道，“你终于回来了，我好开心。我一直在千盼万盼，甚至跑到小道上去等你。我将桌子抬到房屋后面的那棵大树下，又采摘了许多草莓，我知道你肯定会很喜欢的，我们还有许多味道不错的奶油——这里真是太美了，满是芳馨的气息，环境又幽静，噢！”——她边说边扑进他的环抱，雀跃地仰视他，“噢，我们肯定会过得十分幸福的！”

可怜的莱斯利最终被这个可爱的女人征服了，他将她抱在怀里，紧紧地环抱着她，不断地亲吻她，他的脸上挂满了幸福的眼泪，久久无法言语。他让我深信，尽管他曾经生活富足，甚至能称得上幸福，但这样强烈的幸福感是他从来都没有领略过的！

谈 读 书

培根[1]/文

读书可以怡情养性，装点文雅，提升才能。怡情养性，最适宜于人们在独居或隐居之时；装点文雅，最能体现在高谈阔论的场合；发挥才能，最能展现在明辨是非和处理事务的时候。

那些处事练达的人，虽然能够处理各种琐事或是判断一些事物的细枝末节，然而对于纵观全局、统筹策划之类，唯有博学之士才能胜任。耗费过多的时间去读书容易怠惰，过于炫耀学问则是矫揉造作，全凭学理条文判断一切乃是书呆子的癖好。

读书能够弥补先天的不足，经验又能补充学问的不足，完善自身，因为天生之才犹如自然花草，读书之后，才能知道如何修整自身，而那些纸上学问不免空谈，如果不以经验来检验它，就会过于空泛而且很不恰当。

① 弗朗西斯·培根（1561—1626），英国文艺复兴时期散文家、哲学家。实验科学的创始人，也是近代归纳法的创始人。代表作品：《新工具》《培根随笔》等。

狡黠的人轻视读书，无知的人艳羡读书，唯独那些明智的人会利用读书，然而书本身并不能把它的用途教给人们。运用书中学问的智慧，不是在书里，而是在书外，是需要凭借观察来获得的一种智慧。读书的时候，不可以存心为难读者，不要盲目信从书里的话，也不要只为了寻章摘句，而应该仔细地推敲、思考。

有的书可以浅尝辄止，有的书可以生吞，而有少数的书须要细嚼慢咽，慢慢消化。换句话说，有些书只需选读一部分；有些书只需要浏览大概，不必全盘细读；而只有一小部分的书则须要全部精读，读书时须聚精会神，孜孜不倦；有些书也可以请他人代读，选择其中的节选摘要，但这只限于那些内容相对不重要或是价值不高的书，不然，删节过的书便如同蒸馏过的水一般，淡而无味。

读书能令人充实，辩论能令人机智，笔记能令人准确。因此不经常做笔记的人，需要有超强的记忆力；不经常辩论的人，需要天资聪颖；不经常读书的人，需要有高超的伪装技巧，只有这样才能对自己不懂的事情假装成很懂的样子。

阅读史书能使人更加明智，阅读诗歌能使人更加聪明机灵，学习数学能使人更加缜密，学习科学能使人更加深刻，学习伦理学能使人更加庄重，学习逻辑学与修辞学能使人更加善辩。无论学习什么，都能形成相应的性格。

人的心智要是有什么障碍，都可以读适当的书来疏通它，让其顺畅。这正如身体的一切病症，都可以通过适当的运动来消除一样。譬如，滚球有益于睾肾，射箭有利于胸肺，踱步慢行有利于肠胃，骑马有利于头脑，诸如这些。若是一个人心神散乱，注意力不集中，可以让他学习数学，因为在演算数学题之时，需要全神贯注，稍有分心，就需要重新演算；若是一个人不善于辨别差异，可以让他阅读经院哲学，因为那些经院哲学家都是一些吹毛求疵的人；若是不擅长处理事务，不善于触类旁通，举一反三，可以让他钻研律师的案卷。就像这样，头脑中凡是有缺陷的地方，都有专门的补救良方。

论 幸 运

培根/文

无可否认，有些偶然往往能影响个人的命运——譬如长得漂亮、机缘巧合、某人的去世，以及施展才华的机遇等；与此同时，个人的命运也通常是由自己创造的。就像那句古诗所言："每个人都是自己的设计师。"

有时，某个人的愚蠢恰好成就了另一个人的好运，一方的过错恰恰变成了另外一方的契机。一如古谚语所言："蛇吃蛇，变成龙。"

表现在外的才能仅仅是令人夸赞，而深藏不露的才能却能给人带来好运，这其中需要拥有一种无法言表而又强大的自制力和自信心。西班牙人称其为"潜能"。一个人具备优秀的素质，可以在必要时将它发挥出来，进而推进幸运的车轮前行，这被称为"潜能"。

历史学家李维[①]曾这样赞美老加图[②]："他的精神与体力都是那样优美博大。因而不管他出身于什么样的家庭，都必定能为自己开拓出一条光明大道。"——这缘于加图具备多种才能。由此可见，只要深入了解一个人，便可发现他能否期待遇上幸运。毕竟幸运之神虽然盲目，却也是有迹可循的。

幸运的机遇犹如天上的银河，每个个体都只是沧海一粟，毫不起眼，可作为整体时却璀璨夺目。同样的道理，一个人能够凭借每一个小小的努力从而创造出幸福，这便是持续地增进美德。

意大利人在评价那些真正的智慧者时，一般都会赞扬他的很多优点，除此之外，偶尔还会说他平时会沾点"傻"气。是有一丝傻气，但那却并非呆气，没有什么比这更令人幸运的。不过，一个民族至上或是崇尚君主至上的人是不幸的。原因在于他将思考的权利交给别人，而不再走自己的路。

意料之外的幸运会让人变得莽撞而狂妄自大，而得来不易的幸运却会让人成为大器之才。

---

① 提图斯·李维（公元前59—公元17），古罗马历史学家。主要作品：《罗马自建城以来的历史》。

② 马尔库斯·波尔基乌斯·加图（公元前234—前149），通称"老加图"或"监察官加图"以与其曾孙"小加图"区别。罗马共和国时期的政治家、国务活动家、演说家，前195年的执政官。他是第一个使用拉丁语撰写历史著作的罗马人，也是第一个重要的拉丁语散文作者。主要作品：《创始记》《农业志》等。

我们敬仰命运之神，是因为她的两个女儿——自信和光荣。她们都是从幸运之中产生的。自信诞生在自己的心里，而光荣存在于他人的心中。

有大智慧的人不会对自己的成功夸夸其谈。他们将光荣视为“命运之神的恩赐”。——实际上，唯有伟人才能够获得“命运之神”的庇佑。恺撒[①]对深陷在狂风暴雨中的水手淡定地说道：“不用担心，有我在你的船上坐镇！”而苏拉[②]却不敢自认为“伟大”，只愿意承认自己是“幸运的”。纵观历史，凡是将成功全部归功于自己的人，通常都会有一个不幸的结局。譬如，雅典的泰摩索斯[③]总是称赞自己的成就，并说：“这绝不是‘幸运之神’所赐予的。”结果他此后事事都不顺利。这个世界的确有一部分人，幸运顺畅得如同荷马的诗句。比如，普鲁塔克[④]

① 盖乌斯·尤利乌斯·恺撒（约公元前102—前44），史称“恺撒大帝”，罗马共和国末期杰出的军事统帅、政治家，并以其卓越的才能成为罗马帝国的奠基者。代表作品：《高卢战记》《内战记》等。

② 卢基乌斯·科尔内利乌斯·苏拉（公元前138—前78），古罗马政治家、军事家、执政官。

③ 泰摩索斯，古罗马将领。

④ 普鲁塔克（约公元46—120），罗马帝国时期的希腊作家、哲学家、历史学家。代表作品：《比较列传》（又称《希腊罗马名人传》）等。

曾经拿泰摩列昂[1]的幸运和阿盖西劳斯[2]、伊巴密浓达[3]的运气进行对比。不过，这些幸运的因素，也能从他们的性格里察觉出来。

① 泰摩列昂（公元前？—前337），古希腊军人。

② 阿盖西劳斯（公元前？—前358），斯巴达国王，公元前398年继承王位，公元前358年在完成了在埃及的任务后，归国途中客死异乡。在位时间约40年，经历了斯巴达霸权由盛而衰的全过程。

③ 伊巴密浓达（公元前418—前362），古希腊城邦底比斯的将军与政治家。伊巴密浓达让底比斯和维奥蒂亚地区的人民摆脱了斯巴达的军事控制，获得了独立和自由。并且，开创了底比斯时代的霸权。公元前362年，在曼丁尼亚战役的战场上负伤身亡。

论 高 位

培根/文

身居高位的人可以说是三重意义的奴仆：一是君主或国家的奴仆，二是声望的奴仆，三是事业的奴仆。因此，他们在人身、行为以及时间方面，都谈不上自由。

这种欲望非常奇特，让人们情愿为获得权力而丧失自由，换句话说，为获取制约别人的权力，宁愿放弃对自己的控制力。攀登高位的过程艰难万分，而人们却不惜用这种痛苦去换取更大的痛苦；这样充满艰辛的攀登历程有时甚至是卑贱的，但是人们情愿承受羞辱，也要换得尊贵荣耀的高位。

身居高位，如履薄冰，一旦退下高位，纵使是免去了垮台的危险，但也要品尝盛极而衰的失落滋味，这都不是什么令人感到快乐的事情。古人说过一句至理名言：早知今日，何必当初。其实不是这样的，人们通常在欲退之时身不由己，到了应该退位之时又恋恋不舍，就算到了年老体衰要人照料的时候，依然不甘寂寞，一如那些城市里的老年人，宁愿被人取笑垂垂老矣，也要当衔靠在门上坐着。

的确，大人物一般都需要依靠他人的评价，以获取自己的幸福感，这是因为他单凭自身的感受是难以寻找到幸福的。只有当他认为，别人牵肠挂肚的全是他的时候，他才能体会到一丝丝幸福，即便他那时的真实感受可能是截然相反的。因为，他虽是最后一个察觉到自身的缺点，却是头一个注意到自己的忧伤。诚然，在好运连连之时，人会不自觉地变为自己的陌生人，一旦被诸事缠身，便顾不上个人的身心健康。正如古人所说的那样：当局者迷，旁观者清。

身处高位之人，有权力行善或是作恶，只不过作恶会给自己埋下祸根。因此，要想不作恶，一要没有作恶的心，二要没有作恶的能力。拥有权力行善，应当是朝着高位攀登的人的终极目标。这种做善事的念头虽然承蒙上帝赞许，但是对于世上的普罗大众而言，不亚于黄粱一梦，除非积极行动起来。但是，若是没有权势、无权发号施令，行善的念头也没有办法转化成善举。人在年富力强的时候，就应该秉承一个准则，那就是建功立业，然后多多行善，并能坚持下去，当他到了晚年之际就会得到慰藉。原因很简单，倘若一个人能够分享上帝的工作，也就意味着他能够与上帝共享安息。就像《圣经》中所说的：“神看着一切所造的都甚好[①]”，之后才有了安息日。

在你刚刚上任的时候，就应当向最佳的典范者学习，毕竟模仿别人是全天下都通行的准则。过了一段时间之后，你就应当善于自我学习，严格要求自己，懂得内省，再不时回顾一下自己当初的一切行为是否已经做到最好。同时也不能忽略你的前任犯过的错误教训，这并非为了贬低别人而抬高自己，而是为了汲取教训，避免再犯同样的过错。改革也是如此，万万不可借着前人前事，兴师动众地加以毁谤，但应当坚持自己的观点，最好既能遵循传统，又能推陈出新。

把事情还原成当初的样子，察看它的整个过程，从而研究出它渐渐衰落的前因后果。与此同时，还应当向古代和当代这两个时代学习，向前者学习，能让你了解什么是最好的，向后者借鉴，能让你明白什么是最适宜的。做任何事情都须遵循章法，这样便于人们事先知道能对你有什么样的期许；行事切忌主观臆断，更不能专横跋扈，一旦偏离常轨，也应当及时解释清楚。守护好自己的职责和权利，没有必要在权限上过多纠缠，与其在虚名虚利上大做文章，不如低调务实地把控实权；不仅不要剥夺部下的权力，还要加以维护，千万要记得，身居高位之人指挥大局，要比必躬必亲更能得部下的尊敬。要是有人在行使权力方面

① 出自和合本《圣经·旧约·创世纪》第1章第31节。

向你建言献策，万万不能漠然置之，将那些为你出谋划策的人视为多管闲事，你应该热情对待，从谏如流，欣然接纳他们的意见和建议。

那些位高权重的人有为人处事拖拖拉拉、贪污腐败、粗俗鄙陋和徇私舞弊这四种恶习。

行事要做到不拖拉，就需要简化办事的程序，严格遵守事先约好的时间，从手头做起，万事要有头有尾，不到迫不得已，不能轻易被其他事务干扰。

要想防治贪污腐败，不但要自我约束，并且也要严格约束身边的人，避免他们贪污受贿，还要管好那些求情的人，不让他们有求情的机会。清正廉明若是相沿成习，便能管束一方；若是将鄙夷贿赂的信息向天下人宣告，便能管束另外一方。这个举动既能帮你避免犯下错误，又能助你消解一些疑团。做官的人假如朝令夕改，没有充分的理由便进行如此明显的决策变更，恐怕会为你引来贪污受贿的嫌疑。因此，想要变更主意和章程，通常要向公众表述清楚采取这个变更行为的原因，并广而告之，不要心存侥幸，企图瞒天过海。当你身边的人毫无理由地大受器重，人们肯定会认为他们走了后门，与官员拉帮结派，腐蚀官员。

粗俗鄙陋，是他人产生不满情绪的诱因，而这原本是完全没必要的。若说专制暴政是恐惧的根源，那么粗俗鄙陋则孕育了仇恨。纵然名声显赫的大人物，在批评他人时也要注意说话的分寸，应当语气庄重，而不是肆意地讥笑嘲弄对方。

做官的人徇私舞弊，远比受贿的后果严重。收受贿赂只是一时的行为，而一旦被讨情说情的人操纵，麻烦就会无休无止，永不消停。所罗门说得好：看重人情关系并非好事，过于看重人情的人，很可能会因为一小块面包而为他人徇私舞弊。

古人云："一入仕途，原形毕露。"有的人进入仕途，只会愈来愈好，而有的人进入仕途，则会越变越坏。塔西佗[①]曾这样评价伽尔巴[②]，说："若是伽尔巴没有治理过国家，世人原本认为他是经世治国之才。"当他评价韦帕芗[③]时，话锋一转，说："韦帕芗是唯一一个当了皇帝之后越来越善良的人。"即便伽尔巴彬彬有礼且十分友善，而韦帕芗一直洋洋自得。

在位高显达中善于自省，是一个高尚灵魂值得尊敬而又宽容大度的明显标志。因为位高显达的尊荣应是与自己的德行相匹配的，世间的一切，全都是本性使然，都是在谋求高位之时动如脱兔，而身在高位之时便静如处子了。德行也是一样的道理，心有大志会让人刚强勇猛，功成名就之后就会使人变得从容自若。

---

① 普布里乌斯·克奈里乌斯·塔西佗（约55—120），古代罗马最伟大的历史学家，他继承并发展了李维的史学传统和成就。代表作品：《演说家对话录》《日耳曼尼亚志》等。

② 伽尔巴（约公元前3—公元69），罗马帝国第六位皇帝。公元68年被近卫军拥立为帝，公元69年在罗马广场被杀。

③ 韦帕芗（公元9—79），罗马帝国第九位皇帝，公元69—79年在位。

任何一个觊觎高位的人都不例外，都是朝着高位艰难地蜿蜒攀登，中途如果遇上派系斗争，最佳办法便是成为其中一派的成员，等到某天地位稳固，个人的处事态度便需要做到中立，当一个所谓的“骑墙派”。

评论前任，姿态要平和公正，不然到了自己卸任退位的时候，肯定会自食恶果。对于同僚，要敬重对方，在他们没有事情汇报的时候，也要主动会见他们，更不能在他们有事需要商量的时候闭门不见。

私底下回答那些求助于你的人，或是和别人交流时，万万不可过分地敏感多疑，时刻不忘自己的显赫地位，宁可让他人私下议论，说这人看似亲和有礼，一当起官来就十分威严，简直判若两人哪。

习惯可不是小事

蒙田/文

我认为，第一个编造出下面这个故事的人，肯定是想起习惯的力量。故事讲述一个乡村妇女，她有头牛，从牛出生开始，她便将它抱到怀里一直抚摸，此后这个行为一直坚持着，最终变成习惯，等到小牛长成大牛，她还是习惯性地把它抱在怀里轻抚。实际上，习惯就像一个乖戾而又狡诈的老师。它悄然无声地在我们身上树立起了权威，开始的时候和善而谦恭，但时间一长，就会深植于根，最后现出凶暴而专横的原形。那时我们将为此丧失自由，最后甚至连抬头仰望它一眼的勇气都没有。我们常常看到习惯会违背自然规律。“在任何事上，习惯总是极其有效的主人。”

柏拉图教训一个玩骰子的小孩。小孩说道：“你竟然为了这么一点小事就训斥我。”柏拉图驳斥道：“习惯可不是一件小事。”

习惯纵横在我们的思想中，从它留给我们的奇异印象中便能看出它的威力。它对我们的信仰和观念影响巨大，简直到了无所不能的程度。难道还有其他比习惯注入的看法更为奇异怪诞的吗？（宗教的欺骗除外，有多少强大的民族及自视甚高的人都沉溺于宗教之中不可自拔，宗教是不为人的理性所制约的。因而，那些不被上帝恩宠的人，在宗教中迷失方向是无可厚非的）西塞罗[①]这般感慨叹息，我觉得有一定的道理："自然科学者的责任是观测和研究大自然，却被那些习惯于一叶蔽目者要求为真理求证，这种做法难道不会让人为之羞愧吗？"

存在奇迹是由于我们对自然界所知不多，并非因为大自然本身的状态。习惯使我们丧失了敏锐的判断力。蛮人于我们而言比之我们于蛮人而言，并非更怪诞，也没有道理更怪诞。

总之，依据我的设想，习惯无所不为，并且无所不能。听说，品达罗斯[②]将习惯比喻成世界的帝王和王后，我认为很有道理。

可是，习惯最关键的效果便是掠夺和侵蚀我们，它一旦钻入我们的身体，就会紧抓住我们不放并根植于内心深处，为它的法则解说和辩论。确实，我们一出生便听从了吮吸习惯的命令——吃奶。我们第一次看见的世界便是这个模样。我们仿佛生来便是

① 马库斯·图留斯·西塞罗（公元前106—前43），古罗马著名政治家、演说家、雄辩家、法学家和哲学家。代表作品：《论至善和至恶》《论神性》《论演说家》等。

② 品达罗斯，即"品达"（约公元前518—前438），古希腊抒情诗人。被后世的学者认为是九大抒情诗人之首。是希腊作家中第一位有史可查的人物。代表作品：《皮托竞技胜利者颂》等。

为了按照习惯做事的。那些在我们身边大行其道、祖辈们灌输于我们内心的偏见，俨然是普遍而天经地义的想法。

所以，凡是不合乎习惯的事物也就被视为不合乎理性，一般而言，这本身就是十分不合理的。倘若人人都和我们一样研究自己，只要听见一句符合习惯的正确的格言，便马上瞧一瞧它有什么地方可以适用于自己，那他定会察觉，这句格言看似机智诙谐，实则是对偏见激烈的鞭挞。但是，人们接纳警句箴言并不是为了规箴自我，而是为了劝诫他人，所以并不会将它融汇到自己的习惯当中，只是把它装进了记忆当中，这样的做法是非常愚蠢，也是毫无意义的。回归主题，我们接着聊一聊习惯的权威。

深受自由民主思想培育的民众，觉得一切的统治形式都是极其恐怖的，也是违反自然法则的。而那些习惯了在君主制国家生活的民众也是一样的，无论命运给他们提供了怎样的变革机遇，在他们竭尽全力脱离了某位君主的令人厌恶的统治之后，便会尽快费尽同样的心力为自己重新选择一位新的君主，原因在于他们下不了决心去厌憎君主统治。

有的人遵循本国习俗，墨守成规，而有的人则竭尽所能地力图指引和改变旧习，二者的差异不可谓不大。守旧的人会以淡然、顺从和以身作则作为借口。无论他们做什么，都不太可能出于恶意，顶多只是不幸而已。在历经历史的精雕细琢而留存下来的辉煌闪耀的古代文化面前，谁又能对它毫不在意呢？

我家的财富

德富芦花[①]/文

一

房子的面积仅仅三十三平方米，院落也不大，仅有十平方米。有人说，这座房子既窄小又很简陋。房屋虽然简陋，但还是能够容得下我；庭院虽然小得可怜，但也能容我仰望碧蓝的天空，闲庭信步，无限遐想，思想犹如展翅的鹏鸟，可以飞得很远很远。

日月之神一直照着这所陋屋。一年四季，它都要经受风雨霜雪的洗礼，这些自然之神轮番光顾，每每兴致盎然。美丽的春蝶会来这里翩翩起舞，夏蝉会在这里高声鸣唱，鸟儿会来这里嬉戏，秋蛩也会到这里浅吟低唱。静静观赏着宇宙的宏大，而其中

① 德富芦花（1868—1927），日本近代著名社会派小说家、散文家。代表作品：《黑潮》《黑眼睛与黄眼睛》等。

的财富也绝大部分都包容在这所仅有十平方的庭院里。

二

庭院中有一株老李树，每到春天的四月份，李树上便开满了青白色的花朵。恰遇某个有风的日子，李花便纷纷从缥缈迷离的碧空中摇曳着优雅的姿态，轻柔地飘落下来，顷刻之间，宛如漫天飞舞的雪花，落满了整个庭院。

邻居家有多株花树，那些花朵随着轻风飘落到我的庭院中，有时是一场霏霏的红雨，有时又似白雪纷纷飘落，眼看着整个院落被披上了一件花衣衫。仔细端详，有灼灼的桃花、清丽的樱花、优雅的山茶花、娇嫩的棠棣花、纯美的李花。

三

庭院的一角生长着一株栀子树。在一个阴而不晴的五月傍晚，白色的栀子花绽放着芳华，散发出一阵阵的清香。主人沉吟不语，妻子也不欲多言。这样的栀子花长在我家，是最合适不过的了。

在那老李树的后方有一株梧桐树，绿色的枝干直挺秀拔，绝不会旁逸斜出，好像在告诫人们："一定要像我一样正直。"

梧桐叶和放置在水盆旁的八角金盘颇为形似，叶片同样宽阔，它们的存在，不仅增添了我家的雨声，也让雨的声音更动听了。

李子成熟了，我每次一看到这一个个沾满了白粉如同琥珀一般的玲珑玉球滚落在地的时候，便会心想，若是此刻有个孩子，我捡拾起一个李子给他，那该有多欢喜啊！

四

当凄切的蝉声停止后，整个世界便开始步入冬季。山茶花绽放出美丽的花朵，一株高约三尺的枫树上，红色的枫叶如同一团燃烧的火焰，灿烂炫目。房东遗留下的那株黄菊也盛开了。那些著名花苑里的花固然娇美异常，不过，秋季雅致静寂的情趣，却都在我家的小院中群英荟萃。假如我是大诗人张翥，那我将吟诵“独怜细菊近荆扉”，但令我羞惭的是我绝咏唱不出“海内文章落布衣”这样的诗句来。

陋屋的后面有一株银杏树，每当深秋之际，满树皆是耀眼夺目的金黄色，北风乍然吹起，金黄色的银杏叶翩翩坠落，恰似一把把仙女的玉扇坠于地上。午夜梦醒侧耳探听，起初怀疑是雨声；早上起床启开房门一看，银杏叶飘落了一夜，现在满院皆是金黄，璀璨夺目。就连屋顶房檐，都落满了叶子，一片片艳红的枫叶掺杂其间。我将黄金翠锦铺满了整个庭院。

五

树上的叶子谢落殆尽后，望之令人顿生哀戚悲凉之感。然而，月光月影逐渐增多，举目仰望幽远辽阔的星空，一览无遗，令人心生欢喜。

我的信念

居里夫人[1]/文

对于任何人来说，生活都不是一件容易的事，需要我们拥有坚强不屈的意志；至关重要的是我们要有自信。我们要笃信“天生我材必有用”，哪怕是付出一切代价，也要将事情做成。当做完一件事情后，便能无愧于心地说：“我已经竭尽全力去做了。”

某年春天，我生病了，只得在家里养病，休息了几个星期。我看到女儿们养了一些蚕，它们正在结茧，这引起了我极大的兴趣。看着它们固执而又努力地工作，这点和我颇为相似，和它们一样，我也总是锲而不舍地向着一个工作目标努力。我这样做，也许是有某种神秘而强大的力量在推动着我——如同蚕被驱使着

① 玛丽·居里（1867—1934），世称“居里夫人”，法国著名波兰裔科学家、物理学家、化学家、哲学家。1903年，居里夫妇和贝克勒尔因为对放射性的研究而共同获得诺贝尔物理学奖；1911年，因发现元素钋和镭再次获得诺贝尔化学奖，成为世界上第一位两获诺贝尔奖的人。

结茧一样。

在将近五十年的时间中，我把所有的精力都放在科学研究上，科学研究无异于对真理的探索。这个探索真理的过程，给我留下了许多美好的回忆。我的青葱少女时期是在巴黎大学度过的，那是一段求学的孤独时光。后来我和丈夫一门心思地致力于科学研究之中，那段时间，我们好似身处梦境，艰苦地在那间寒酸的书屋中竭尽所能地进行科学研究，最终我们发现了镭。

生活中的我，一直追求的是安定的工作与简单的生活。为了达到这个目标，我竭尽所能地维持安宁清净的环境，免受人事和盛名的侵扰。

我笃信在科学问题上，我们秉持的是对事物的兴趣，与人无关。在皮埃尔·居里[①]与我讨论要不要在镭上获取经济利益的时候，我们一致认为在镭上获取经济利益违反了我们一贯坚持的纯粹研究的理念。因此，我们放弃了申请镭的专利，这意味着我们主动放弃了一笔财富。可我坚信这样做是正确的。确实，世界需要那些谋求现实的人，而我们在研究的工作里已经得到了最佳的报酬。并且，世界同样不能缺少梦想家——他们专心致志地忘我工作，在研究的过程，一种巨大的吸引力令他们无暇他顾，也没有热忱去寻求物质方面的利益。我的唯一奢念是，以自由学者

① 皮埃尔·居里（1859—1906），法国著名的物理学家，居里夫人的丈夫。

的身份在一个自由的国度里致力于喜爱的研究工作。我从未将这项权益视为理所当然，毕竟我在24岁之前一直生活在被侵占的波兰。我曾估计过法国自由的代价。

我不是一个天生温和的人。很早之前我就知道这个世界上有无数像我这样生性敏感的人，只要受了一丁点斥责，就会感到万分懊恼，于是一直力图掩盖自己的敏感。我从丈夫皮埃尔·居里平和冷静的性格里受益良多。在他突然去世之后，我懂得了逆来顺受。随着年纪的增长，我变得越来越老，也越来越懂得欣赏生活里所发生的各种琐事，例如种植花草、欣赏建筑，并且对读诗和看星星也产生了一点兴趣。

我一直陶醉于世间一切美丽的景象之中，我一向深爱的科学，也在持续增添着它新的景象。我笃定，科学本身便是一种崇高的美。一个长期钻研科学的人，既是专业的技术人才，更是一个孩子，身处于大自然的美景中，如同沉迷于神话故事一样。这是一种使人痴心不悔的魅力，也是我心甘情愿终身在实验室埋头工作的最重要的原因。

乡　村

屠格涅夫[①]/文

这是六月的最后一日。四周是俄罗斯辽阔无边、广袤无垠的疆域——我热爱的家乡。

偌大的蔚蓝色天空，仅有一抹正在飘散的云彩。晴朗无风的天气，温煦怡人……空气中似乎漫溢着一股鲜牛奶的气味！

云雀在尽情欢唱；一群大脖子鸽在咕咕乱叫；燕子悄然无声地在空中翱翔；马儿时而打一下响鼻，时而低头咀嚼青草；柔顺的狗儿不时摇晃着尾巴，不声不响地站在那里。

空气中有一种烟草味，其中还透着一丝草香，并混杂着一丝松焦油与皮革的味道，在空中袅袅而升。大麻长得十分繁茂，散发着一股浓烈而又很好闻的味道。

一条坡度平缓的幽深山谷，它的两侧种有几行柳树，这些柳

① 伊凡·谢尔盖耶维奇·屠格涅夫（1818—1883），19世纪俄国批判现实主义作家。代表作品：《猎人笔记》《罗亭》《贵族之家》《前夜》《父与子》等。

树的树冠绵延着连成一大片，树干也已经开裂。深谷有一道小溪潺潺流动，溪底的碎石似乎也跟着清澄的水纹轻轻颤动。在那天地交汇之处的远方，隐约望见一条碧水荡漾的宽广河流。

整齐而又矮小的粮库、关门闭户的小仓房在山谷的一侧井然有序地排列着，五六座有着松木薄板屋顶的农舍散落在山谷的另一侧。这里每家的屋顶上都竖有一根装有椋鸟巢的长竿，门檐上装饰着一匹铁马，其扬鬃飞奔的动态，夺人眼球。凹凸不平的玻璃窗上，映着彩虹的斑斓色彩。护窗板上，绘着一个插着花束的素朴陶罐。每家农舍前面都整齐摆放着一条长长的坚固的凳子。一只猫咪蜷缩在一个土台上面，小心警惕地竖着耳朵。跨过一条高高的门槛，迎面而来的便是清凉幽静的前室。

我将毛毯铺展开来，仰卧在山谷的边沿上。四周是一堆堆刚割下不久还散发着醉人清香的干草。房屋的主人非常聪明，将那些干草铺在小木屋前晾晒，之后再将它们藏入草棚。到时候，睡在这些经过阳光晾晒的干草之上，该有多舒坦啊！

卷发的孩子们从干草堆后面，顽皮地探出小脑袋。脚下的凤头鸡伸着尖嘴在乱草堆中寻觅美食——蚊子和小虫；长着一张白唇的狗儿躲在草堆中滚来滚去。

几个年轻人都有一头淡褐色的卷发，身着整洁的衬衫，下摆处系在腰间，系得很低，脚上穿着略显沉重的镶边皮靴。此时，他们正倚在卸了牲口的马车上谈笑风生。

或许是年轻人的谈笑声，抑或是草堆里小孩子的嬉闹声，吸引了一位长着圆脸的年轻妇女，她从窗户中探出了头，脸上也洋溢着明媚的笑容。

另一位少妇，正用粗壮的胳膊从井中吊起一只装满水的大水桶……水桶在高高吊着的绳上晃荡个不停，一滴滴闪着剔透光芒的水珠从水桶上滚落下来。

一位老妇人站在我面前，她身着方格呢裙，脚穿一双崭新的厚皮靴，黑瘦的脖颈上绕了三圈空心珠项链，白发上系了一条点缀着小红点的黄色头巾，头巾低低地盖到了那双失神的眼眸上方。她的眼神中含着温柔的笑意，皱纹密布的老脸上堆满了笑容。看着她应该有六十余岁了，但她年轻时一定是个绝色佳人！

她黝黑的右手上提着一罐还未脱脂的冷牛奶，罐壁上缀满了晶莹的小水珠。她伸出左手，将掌心的那块热面包递给我，说：“请随意吃些吧，来自远方的客人！”

此时一只公鸡突然高声啼鸣，匆忙地扑楞着翅膀，那头拴在牛圈里的牛犊听到了鸡叫声，不紧不慢地发出哞哞声与它呼应起来。

我的马车夫高呼了一声：“你看，这里的燕麦长得真不错啊！”

啊，俄罗斯自由闲适的乡村生活，这里多么恬适、安定、富饶！啊，多么清静美好！

面对此情此景，我不禁遥想：皇城中那座圣索菲亚教堂圆顶上面的十字架，以及我们这些在城市中生活的人所苦苦追求的一切，又有什么意义呢?

我们是怎样过母亲节的

里柯克[①]/文

我觉得在最近出现的一些想法中，一年庆贺一次“母亲节”这个主张是最好最有意义的。5月11日“母亲节”这一天，在美国日益受到人们的欢迎，我对这样的现象一点都不感到惊奇，并且我坚信英国也将会盛行过“母亲节”。

特别是在我们这种大家庭，尤其追捧这个主张，于是我们商议要过一个有意义的“母亲节”。这个建议得到了我们一致的赞同和支持。通过庆祝“母亲节”，我们能够更好地体悟妈妈这么多年以来的操劳和为我们所做的牺牲。

于是我们决定将它作为如同圣诞节一般的盛大节日好好地庆祝一番，竭尽所能让妈妈体会幸福的滋味。为此父亲还专门请了

① 斯蒂芬·巴特勒·里柯克（1869—1944），著名的加拿大幽默作家，也是加拿大第一位享有世界声誉的作家。在美国，他被认为是继马克·吐温之后最受欢迎的幽默作家。代表作品：《倒退的一生》《穿石棉衣的人》等。

一天假，不去上班；我和姐姐安娜、弟弟威尔、妹妹玛丽也请了一天的假，没有去上学。

我们准备将这天办得很隆重。所以我们选择用鲜花来装饰房间，准备在壁炉架上贴满事先写好的格言，另外还有许多类似的布置。至于写格言和装饰房间，我们请妈妈来帮忙，毕竟过圣诞节时都是由妈妈来实施的。

安娜和玛丽认为，庆祝“母亲节”这样的盛大节日，一定要穿上最漂亮的衣服。于是她们各买了一顶新帽子。妈妈将两顶帽子装饰得非常漂亮。父亲为我和弟弟威尔还有他自己各买了一条活结丝领带，作为这个节日的纪念礼物，看到它就能让我们想到妈妈。我们原本准备买一顶新帽子送给妈妈，却发现她非常喜爱自己的那顶旧灰色的无檐帽，她婉言谢绝了我们帮她买新帽子的打算，再者，安娜和玛丽称赞妈妈戴那顶旧帽子更适合她，于是我们只好放弃了这个计划。

我们原先是策划一个惊喜送给妈妈——租一辆车，在全家人吃完早饭之后，带着妈妈去乡间游览一番。妈妈平时很难有这种享受，毕竟我们家只雇得起一位女佣，因而妈妈每天都要忙于操持家务。现在乡间景色迷人，去那里游玩一个上午，对妈妈而言，将会是一件很享受的事。

但那天早上，我们临时调整了一些原先的计划，因为父亲忽然想到另一件更能让妈妈感到快乐、更有趣的事——钓鱼。父亲说反正已经付过租车的钱了，索性就开车带全家人去山溪一带旅游兼钓鱼，两全其美。一如父亲所言，如果你毫无目的地开车去旅游，容易使人产生很茫然的感觉；如果是开车去钓鱼，也就意味着有了一个目标，会立刻让人兴致大增。

我们一致认为开车去钓鱼这个建议更能让妈妈感到快乐，再者，父亲正好在前一天买了一根新的钓鱼竿，这样开车去钓鱼的想法显得更加合乎情理了。爸爸说只要妈妈愿意，可以让妈妈拿着鱼竿去钓鱼，其实这钓竿就是他为妈妈买的，只不过妈妈说没兴致钓鱼，反而更喜欢看他钓鱼。

于是，我们做好了这趟出游的一切准备。虽说我们会在中午赶回来吃一顿美美的正餐，如同过圣诞节和元旦一般，但我们还是建议妈妈带上些三明治，方便我们在旅途中垫垫肚子。妈妈便带上了一个装满食物的篮子，然后全家人就准备启程了。

然而，当我们看到停在家门口的车子时，惊讶地发现这辆车子不够宽，因为订车子的时候我们并没有预留好放鱼篓、鱼竿和篮子的位置，也就导致我们现在没法让全家人一个不落地坐进车里。

父亲让我们不用管他，尽管出去旅游，他表示他可以留在家里，接下来一整天时间他都会在花园里干活，因为家里还有许多粗活需要他去做。例如挖个垃圾坑——自己挖还能省下一笔雇人的钱。因而，他还挺开心能留在家里的。他一个劲儿地叫我们去玩，开开心心地玩上一天，不必担心他，更不必为他三年来没有一天真正意义上的休假而难过。他说自己能将这一天过得很充实，其实像他这样的人是不会闲着休假的。

当然，我们感觉将父亲一个人留在家里是万万不可的，并且，要是父亲一个人独自在家，肯定会出大乱子的。安娜和玛丽都说愿意留在家中准备午餐，这样也能助女佣一臂之力，为家人准备丰盛的午餐。只是在这么晴朗的天气却不出去玩，而是留在家里，那新买的帽子就派不上用场了，感觉有点对不住它们。她们懂事地表示只要妈妈分派一下，她们都乐意留在家中做家务。我和弟弟本应该留在家里，可惜我们都不会做饭，留在家里也没用。

一番争论之后，最终决定把妈妈留在家里，让她给自己放一天假，好好休息一下，顺便操持一下午餐。妈妈表示她对钓鱼并不感兴趣，还有，天气虽好，但野外不免会有凉意，要是妈妈同去，父亲会十分担忧她的身体着凉。

父亲表示，这本应该是妈妈好好休息的一天，他要是硬让她去乡间游玩，并因此得了重感冒，他是绝不能原谅自己的。妈妈一直在为全家操劳，我们要尽可能让她多一点时间休养身心；他还表示建议去钓鱼，主要是想要让妈妈拥有一些闲静时光。他说年轻人不太能体会到闲静对一个上了岁数的人来说有多重要。对于他自己而言，他自认可以容忍喧闹的场面，但也很高兴能让妈妈免受喧闹的折磨。

因而，我们欢呼了三声，向妈妈暂时告别，便开车出发了。妈妈站在走廊那里一直目送着我们，直到再也望不见才作罢。父亲不断地向妈妈挥手，直到手碰上车的后壁，他才说妈妈应该已经看不到我们了。

我们在山里玩得非常开心，这你完全能够想象得出来。父亲钓到了许多种类的大鱼，并坚信要是让妈妈来钓，她是绝对钓不到这么大的鱼的。威尔和我也试着钓了一下，感觉很过瘾，只是不如爸爸钓得多。安娜和玛丽不约而同地表示不虚此行，因为她们在旅途中遇到了许多熟人，更在溪畔碰上了一些年轻的男性朋友，大家聚在一起聊了很久。总而言之，大家这趟出游玩得都十分快乐。

我们到家的时候，已是晚上七点左右。妈妈预测我们应该会回来得更晚一点，所以她将晚餐一直放在火上保温，为了让我们回来能够吃到热乎乎的饭菜。不过，她得先帮父亲备好毛巾、肥皂等洗漱用品，以及换洗的衣服，毕竟他每次钓完鱼回家都是脏兮兮的。此外，妈妈还要替安娜和玛丽收拾一番。这已经够她忙碌一段时间了。

好不容易将一切准备工作布置得当，我们围桌而坐。这是一顿十分丰盛的晚餐，除了烤火鸡，还有其他与圣诞节有关的各类美食。吃饭的时候，妈妈不断地起身去拿食物，忙得不亦乐乎。

后来爸爸察觉到了妈妈的辛苦，于是建议她休息一下，然后他起身去将餐橱上面的胡桃拿了过来。

我们的这顿晚饭吃了很久，并且吃得又开心又有趣。吃完饭，我们想帮妈妈分担清理餐桌和洗碗等家务，只是妈妈表示更乐意独自一人清理，我们只得让她自己去做，毕竟今天是她的节日，为了让她开心，我们无论如何也得听从她的意见。

当一切收拾完工，夜已经很深了。我们在临睡前和妈妈吻别之际，她动情地说她度过了一生中最美妙的一天，那一刻，我感到她的眼里含着幸福的泪光。因此，我们一家人都觉得自己所做的一切得到了幸福的回报。

第六章
要生活得写意

雏　　菊

雨果[①]/文

我前两天途经文宪路，无意间注意到了一条木栅栏，它将两座六层的高楼巧妙地连接在一起。日光之下，它们的美丽身影投在路面上，阳光透过木栅栏的缝隙，画出一道道优美的线条，那平行的金色条纹线条犹似文艺复兴时期黑缎上的纹路，令人着迷。我不禁上前，朝板缝中看去。

被这条栅栏围住的，正是两年前——1839年6月被大火烧毁的歌舞剧院的所在地。

下午两点，骄阳似火，路上没有一个行人。

一扇像是单扇门的灰色大门，两侧凸起，而中间呈凹陷状，并带着洛可可式的装饰。这兴许是百年前一位妙龄少女的闺门，

① 维克多·雨果（1802—1885），法国19世纪前期积极浪漫主义文学的代表作家，人道主义的代表人物，法国文学史上卓越的资产阶级民主作家，被人们称为“法兰西的莎士比亚”。代表作品：《巴黎圣母院》《悲惨世界》《笑面人》等。

现在却被安装在栅栏上。我稍微一提插栓，大门便应声而开，我顺势进入场内。

眼前的景象凄惨无比，凄荒衰败，满地的泥灰，周围全是大石块，就那样凌乱地被丢弃在原地，苍白的像墓石，发了霉的就如废墟一般。场内阒无一人，房墙上遗留着明显的烟火焚烧过的痕迹。

而这片场地在遭受了那场大火之后，又接连经受了两个春天的毁坏。在一处梯形的角落，在一块逐渐变绿的巨石之下，隐藏着埋葬虫和蜈蚣的地下室。在那块巨石后方的幽暗处，有一些小草在那里生长着。

我坐在巨石上俯看这株植物。天啊！那儿竟然生长着一株世上最为清丽的小雏菊，一只活泼的小飞虫正环绕着雏菊翩翩起舞。

小雏菊悄然无息地生长着，按照大自然的生存法则，在泥土里茁壮成长。它安静地长在巴黎中心的两条道路之间，距离王宫仅有两步之远，离骑兵竞技场只隔了四步。在无数的行人、店铺，以及各种马车之间，这株临近街道的可爱雏菊激发了我无限的想象。

十年前，谁会料到会有一朵雏菊在这里悄然绽放！

假设在这个原址之上，跟旁边一样，地面上没有其他，唯有众多房屋，上面住着房屋主人、房客与看守房屋的人，以及会在睡前谨慎熄灭烛火的居民，那么这朵田野中的花是绝不会生长在这里的。

这朵雏菊身上凝聚了多少故事！多少次失败与成功的表演，多少个破碎的家庭，多少次奇遇、灾难和意外事故！对于每个夜晚被吸引到这儿的我们来说，要是在两年前看到这朵花，绝对会被我们视为幽灵！命运就是这般捉弄人，如同迷宫一般，无数谜一般的安排，最终全都化为这朵茕茕独立的活力四射的黄色小太阳了！

首先需要一座剧院，然后是一场突然降临的火灾。一个是城市的欢笑，而另一个则是城市的恐慌；一个堪称世上最美丽的发明，另一个则是最令人害怕的天灾。三十年的日夜笙歌与短短三十小时的冲天火焰，统统化为昨日的烟云，这才长出这朵素雅的黄色雏菊，博得这只飞虫的欢喜！

对于擅长观察的人来说，最微小的事物通常是最重大的事物。

论　　爱

雪莱[①]/文

何为爱？在答复这个问题之前，我们先来问问活着的人，何为生活？问问虔诚的教徒们，何为上帝？

我不了解别人的内心构造，也不了解你们——正在和我聊天的你们的内心。我见到其他人与我在一些外部属性上颇为相似，或者和下面的情况类似：当我向他们倾述某种可以共通的情感并吐露心声时，我发现自己的话会被人误解，它在他人眼里像是来自一个遥远且粗野的国家的陌生语言。人们让我体悟这种情况的机会越多，便越能拉开彼此之间的距离，了解和怜悯也随之离我远去。我带着这种难以承受现实的黯然情绪，在温柔的颤抖与虚弱里，走遍天涯海角找寻知己，却只收获了愤恨和灰心。

---

① 珀西·比希·雪莱（1792—1822），英国浪漫主义民主诗人、第一位社会主义诗人、小说家、哲学家、散文随笔和政论作家、改革家、柏拉图主义者和理想主义者，受空想社会主义思想影响颇深，被认为是历史上最出色的英语诗人之一。代表作品：《解放了的普罗米修斯》《西风颂》《致云雀》等。

你在问何为爱吗？当我们在自己的思想深处察觉到一片虚空，进而在一切万物里召唤、追求和身内之物构成感应的时候，受到我们感受到、惧怕、祈望的事物的那种身不由己而又强烈的吸引，便是爱。若让我们推测，毋庸置疑，我们渴望得到他人的理解；若让我们想象，我们便会期望我们思想中那个自在天真的孩子能够在他人的思想中重获新生；若让我们感受，我们会情不自禁地祈望别人的神经能与我们的神经一起共振，别人的眼神与我们的眼神交融，别人的眼睛与我们的眼睛一样有神。我们祈祷那些冷酷淡漠的冰唇别对一个心怀炽热、颤抖着的唇冷嘲热讽，这便是爱。这便是联结人与人、人与万物的一种神圣的契约和纽带。当我们降生到这个世界，我们的心灵深处便有一种东西存在，从我们存在的那刻开始，便祈求着一种与它类似的东西。或许这和婴儿能够吸吮母乳的规律一致。这种天生的倾向会跟随天性的变化而变化。在思维能力的天性里，我们隐约瞧见的似乎就是一个完整自我的缩影，它没有我们一贯鄙视、厌恶的成分，而成了一个完美人性的理想原型。它不单单是一幅外在的肖像，更是形成我们本性的最为精微的粒子组合；它是一面只能映照出纯净与明亮的形态的镜子；它是在其灵魂本有的乐土之外勾勒出的一个为痛苦、悔恨和罪恶所不能逾越的天堂。我们急切地渴望把所有与之相像或是相对应的感觉与它关联起来。当我们在这个世间寻找到灵魂的原型，在万物之中找到一个能够准确评价自己的知音（它能够准确而敏感地捕捉到我们珍视并且心生愉悦秘密进行的一切）；那么，我们和它宛如两把竖琴上的琴弦，同在愉悦之声的伴奏下发出妙音，这妙音和我们身体里神经系统的颤动形成共振。这便是爱一心想要达到的无形而又无法企及的目标。就是它，促使我们用自己的力量去捕捉它那微弱的身影；如果没有它，被爱驾驭的灵魂将永远得不到安定与休憩。因此，当我们身处孤独与荒芜之中，抑或是身处于不能理解我们的人群里，我们会去爱世间的小花小草、河流和天空。在春日树叶的微颤中，在蔚蓝的天空下，我们发现了一个与我们内心相通的秘密感应：在沉默的风中有一种雄辩；在潺潺流动的溪水与河边沙沙的苇叶声里，有一曲优美动听的歌谣。它们和我们的灵魂之间有一种神秘的感应，将我们内心深处的精灵唤醒，让它去跳一场痛快淋漓的狂欢舞，并使我们的眼中盈满神秘而温柔的泪珠；它们又仿佛是爱人为你独自歌唱的天籁之音。斯泰恩[①]说：如果他在沙漠里，便会不由自主地爱上柏树。爱的欲望或能量一旦消失，人便如同一座活着的坟墓，苟且偷生的仅是一副曾经的躯壳。

① 劳伦斯·斯泰恩（？—1768），英国18世纪感伤主义小说代表作家。代表作品：《商第传》《感伤的旅行》等。

人生可笑又滑稽

蒙田/文

判断是应对所有问题的工具，并处处都在用它。正是这样，我在写随笔时，找到机会便将它派上用场。就算是我不太熟悉的问题，也会拿它试一试，如同蹚水过河一般蹚出老远。而后，要是河水过深，估量以我的身高蹚不过去，那我便回到岸上待着。承认无法过河，这就是判断的成功，甚至是其最引以为傲的成功。有时，对一个小问题，我也会尝试一下，试试它能否让问题具体化，使它变得有理有据。有时，我会拿它来探讨一些重要而又存在争议的问题。它在这类问题上没有发现什么属于它自己的事物，毕竟道路是现成的，它只得循着他人的足迹前行。此时，它能做的便是去选它认为的最佳路线。在成百上千条道路之中，说出哪条是它选得最为适宜的道路。我是碰上哪个命题就抓哪个，对我而言都很好。但我从不会将它们完整地描述出来，因为压根看不到它们的全貌。有人许诺让我们看到它们的全貌，却从来都不会兑现诺言。任何一件事情都有很多个方面，有时我也仅仅是拿来一面尝一下，有时仅是寻到了一面摸一下，有时我就会一直夹到骨头上面。我往中间扎一下，不是要尽可能扎得宽，而是要尽可能扎得深。我通常爱捕捉命题中的某个从来没有研究过的方面。要是我还不太熟悉这个方面，我便会勇敢地向纵深研讨。我会在这儿那儿涂涂写写，算是在各个方面采集零散的样品，当然也没计划或是许诺做什么。我不确定自己要对这些涂写之物负责，也不会感觉不错就一直坚持这些东西。我仍然感觉有疑问，把握不定，感觉自己还是一无所知。

人一行动便会暴露自我。恺撒的心理，从他领导法萨卢斯战役[①]，安排休息与艳情时便能看得分明。观看一匹马，既要观察它在马场上的练习，也要观察它的慢走，甚至要观察它在马厩休息的情况。

人的心灵运动，不都是高尚的。若是注意不到这点，那么就算不上对人心有彻底的了解。当它安静时，兴许能看得明白一些。它在感情冲动时，通常会显得无比高尚。此外，它每碰上一事便会全力以赴，绝不可能在同一时段处理两件事，且并非按照事情本身的情况去做，而是依循自身的意愿去做的。倘若就事论事，那么世界上一切事物可能都有自己的一套标准和特色；但在

① 法萨卢斯战役，公元前48年，以恺撒为首的平民派军队与以格奈乌斯·庞培为首的贵族共和派军队之间展开的罗马内战的决定性战役。恺撒在此战的获胜使他成为罗马共和国的实际最高统治者，而庞培战败出逃埃及，之后被杀。

我们每个人的心中，我们便会依据自身的想法去任意雕琢那些标准和特色。对西塞罗而言，死亡是令人惧怕的；在加图看来，死亡是自己所期望的；而对于苏格拉底而言，死亡是无关紧要的。健康、良知、声望、知识、财富、美貌等，或与之截然相反的事物，当它们进入心灵之时都需要脱去外衣，换上心灵赐予的衣服，涂上心灵喜爱的颜色：绿色或褐色、明亮的或暗淡的、深色或浅色、刺眼的或顺眼的，还有它们自己所喜爱的；它们不用共同对照各自的格调、标准和样式，毕竟它们每个单列出来都是最好的。

因此，我们不能再拿事物的外在品质作为托词了，而要从自身寻找原因。一切的好坏决定于我们自己。若是烧香许愿要许给自己，而不要祈祷命运的恩赐：毕竟命运对我们个人的品格和行为束手无策。正好相反，我们的品行将深刻影响着个人的命运，为它打上我们自己的烙印。我为什么不可以评论一下那个一边吃饭一边聊天，并且大吃大喝的亚历山大[①]呢？为什么不去瞧瞧他下棋时这幼稚愚蠢拨弄到了他脑子中的哪一根弦呢（我厌恶下棋，因为它不算娱乐，下棋过于严肃，将用来做正事的精力放在下棋上会令人羞愧的）？他组织军队光荣地去远征印度之时也

① 亚历山大（公元前356—前323），即亚历山大三世，马其顿帝国国王，亚历山大帝国皇帝，世界古代史上著名的军事家和政治家。是欧洲历史上最伟大的四大军事统帅（亚历山大大帝、汉尼拔、恺撒大帝、拿破仑）之首。

没有这般忙碌。你们瞧，在人们的心中将这可笑的娱乐看得有多重要啊，这不是已经到了不遗余力的地步了吗？它在这事上大方给予每个人能够直观认识和评判自己的可能！在任何其他情形之下，我都不能够更加全面冷静地对待和审视自己。在此事上，哪种情感不是折磨人的呢？气愤、牢骚满腹、憎恨、焦躁还有那强烈的求胜心。重视荣誉的人不应该在一些小事上表现出自己的天纵之才。我对于这个例子所说到的言论，同样适用于其他事物：人的每一个言行举止，无一不是在展示和表现自己。

德谟克利特[①]与赫拉克利特[②]都是杰出的哲学家。前者认为人生乏味而又好笑，于是在公众场合露面的时候，他的脸上老是带着一抹嘲笑；后者则认为人生悲哀而又不幸，因而他的脸上老是愁眉不展，双眸含泪。一旦走出门口，德谟克利特通常是笑眯眯的，而赫拉克利特往往是哭兮兮的。

相比之下，我更加喜爱第一种情绪，并不是由于笑比哭更讨人喜爱，而在于它更显得愤世嫉俗，并且对人们的批判也更为猛烈。依据我们的功过是非，我们现在所承受的鄙视还差得远。

---

① 德谟克利特（约公元前460—前370），古希腊伟大的唯物主义哲学家，原子唯物论学说的创始人之一，并率先提出原子论（万物由原子构成）。代表作品：《宇宙大系统》《宇宙小系统》等。

② 赫拉克利特（约公元前540—前470），古希腊一位富传奇色彩的哲学家。他出生在爱菲斯城邦的王族家庭里，本应继承王位，却将王位让给了兄弟，自己跑到女神阿尔迪美斯庙附近隐居起来。代表作品：《论自然》等。

我们对某事表露遗憾，而在遗憾和可惜里却还夹带了几分赏识；我们对于不在乎的东西，却又感觉无比珍贵。我觉得，与其讲我们没能交上好运，倒不如说是我们非常爱面子；与其讲我们很狡诈，不如说我们很无知；与其讲我们很勤劳，不如说我们十分无能；与其讲我们的不幸，不如说我们的无耻。因而，那个总爱独自一人滚着木桶闲荡，瞧不起亚历山大大帝，并将我们当作苍蝇或尿泡的第欧根尼[①]，在我看来远比号称世界公敌的蒂蒙的观点更为尖刻，也更为客观准确。因为，人总是将所恨的东西一直放在心上。蒂蒙期望着我们会倒霉，老希望我们都垮台，不愿意和我们来往，认为那是和坏人同流合污，危险而又堕落。第欧根尼一向将我们视为草芥，因此和我们接触，不可能扰乱或是带坏他。他扔下我们不是出于惧怕，而是自觉不值得和我们交往；他觉得我们既干不出什么好事也做不出什么坏事。

布鲁图斯[②]同斯塔蒂里交谈，让他加入到反对恺撒的行列中。斯塔蒂里的回答和我们上面说的观点一模一样。他认同事情的正确性，只是觉得做事的人不行，不值得自己为他效力。按照埃吉齐亚的言论，他认为，哲学家做任何事都是为了他自己，毕

① 第欧根尼（约公元前412—前324），古希腊哲学家，犬儒学派的代表人物。

② 布鲁图斯（前85—前42），著名政治家。起初拥护恺撒，后来恺撒成为一个独裁者，他便与一群参议员密谋刺杀了恺撒。后因叛国罪出逃，最终兵败自杀。有传言说，他是恺撒的儿子。

竟唯有他才有资格让他人为他做事。而按照泰奥多尔的言论，他认为，让哲学家出于国家利益着想去做冒险的事情是没有道理的，为几个疯狂的人效力是非常不明智的。

我们的人生，既可笑又十分滑稽。

要生活得写意

蒙田/文

我想跳舞的时候就跳舞，想睡觉的时候便睡觉。就算是我独自一人在美丽的花园里闲逛，假如我的思绪飘到和散步毫不相关的事情上，我便会快速回转思绪，想想这美丽的花园，追求独处的快意，思忖一下自己。天性让我们为确保自己的需要而展开活动，这个活动便会为我们带来快乐。慈善的天性显然顾及了这点。它鼓动我们去满足理性和欲望的需求，而破坏它的规则便是违反情理。

我了解到恺撒和亚历山大即使在工作最为忙碌之时，也依然会去享受各种生活乐趣，譬如自然界的乐趣，必需而又正当的生活乐趣。我需要说明的是，这并非要让精神懈怠，而是让精神得到增强，因为要让强烈的活动、艰难的思考听从于平时的生活习惯，这需要很大的勇气。他们觉得享受生活中的各种乐趣，是自己的正常活动，战事则是非正常的特殊的活动。他们的这种观点是正确而明智的。我们反倒是些愚蠢的人。我们常说：“他的一生碌碌无为。”或是说：“我今天没做任何事……”可那又怎么样！您还不是一天天这样过来了？这不单单是最基础的活动，也是我们各种活动里最为绚烂多彩的部分。“若是我可以解决一些至关重要的大事，我便能够展现出自己的才华。”您知道思考自己的生活，而且您清楚该如何设计和支配它吧？那您相当于做了最为重要的大事了。本性的流露和表现，不需要拥有特殊的境遇。它能在方方面面甚至还可以在暗中表露出来，如同在没有布置帘幕的舞台上一般。我们的使命是调整自身的生活习性，而并非去编写书目；是要使我们的一举一动文雅有礼，处事井然有序，而不是去发动战争，去扩张领地。我们最潇洒、最荣耀的事业就是生活得写意，任何事情，例如掌管朝政、经商发财、兴办实业，都仅是这一伟大事业的点缀与附属品而已。

爱 之 路

屠格涅夫/文

落难[1]

“这些声音象征着什么呢？”

“象征着我正处于极大的痛苦之中，感受到剧烈的疼痛。”

“当溪水撞上石头时，你聆听过那潺潺的流水声吗？”

“聆听过……而这又能表明什么呢？”

“表明这潺潺的流水声与你痛苦时所发出的呻吟声都属于声音，而并非其他东西。但不同在于：溪流的潺潺声让人觉得悦耳动听，而你痛苦的呻吟声，却无法引起别人的同情。你无须强忍呻吟，但要牢记：这只是声音，声音，如同树枝被折断时发出的‘咔嚓’声……声音，而不是其他事物。”

---

① 《落难》这篇散文诗写于屠格涅夫去世的前一年，当时他身患重病(脊椎癌)，常常处于痛苦和孤独之中。

乞丐

我行走在街上……一个乞讨者——一个年老体弱的老人挡住了我的去路。他红肿的眼睛泛着泪花，嘴唇呈青紫色，衣衫褴褛，袒露着污秽的伤口……呵，穷困将这位悲惨的老人折磨成了这般模样！他的一只红肿并满是污秽的手朝我伸展着……他一边痛苦呻吟，一边卑微地喃喃乞求着。我的双手在自己的衣袋里忙碌地搜索着……没找到钱包，也没带怀表，甚至连块手帕都没有找到……我摸遍全身，才发现自己什么都没带。但乞讨的老人一直在默默等待着……他的手轻微地摆动，不断地颤抖着。我惊慌失措，惴惴不安，握紧了这只污浊而颤动的手……“请不要见怪，老哥；我随身没有带任何东西，老哥。”乞讨的老人睁着那双红肿的眼睛注视着我，青紫色的嘴唇微微一笑，接着也握紧了我愈发变冷的手指。“别这么说，老弟，”他费劲地说，“这也应该感谢啦。这同样是一种施舍啊，老弟。”我领悟到，自己也从这位兄台处获得了施舍。

明天，明天

每一天几乎都是在空虚、散漫中度过，没有一丝价值！它给自身所留的痕迹那么稀少！这一点点流逝的时光，又是何等没有意义，何等稀里糊涂啊！

而人却要活下去，他珍爱生命，并将希冀寄予生命，寄予自己，寄予未来……噢，他期盼着未来怎样的幸福呀！

但他为什么会期盼呢，其他将来的日子，难道不会和即将过去的今天相似吗？

他就是忽略了这一点。他一向不乐意思考——他这点倒是做得不错。

“啊，我美好的明天，明天！”他自我劝慰着，直至这“明天”将他送进墓地。

好啦！有朝一日在坟墓中，你便只得停止思考了。

爱之路

任何情感都能发展成爱情，发展成强烈的爱慕，任何情感：愤恨、怜惜、冷淡、恭敬、友情、惧怕，甚至是轻蔑。没错，任何的情感……而感谢除外。

感谢——一种债务，所有的人都能拿出自己的一部分债务……可是，爱情并非金钱。

空话

我惧怕空话，并一直躲避着它；但自身对空话的畏怯，亦是一种自负。

所以，在自负和空话这两个外来词之间，我们的复杂生活在悄然地飞逝与变化着。

纯朴

纯朴！纯朴！大家将你视作神圣的。但，神圣——这并不是属于人类的事。

谦卑——这才是人类的事。它努力地自我抑制，战胜骄傲。但是，别忘了：胜利的感受本身便蕴含着个人的骄傲。

你哭……

你哭的是我的悲伤；而我哭泣，是出于怜惜你对我的同情。

不过，你要明白，你也是在为自己的悲痛而哭泣，因为唯有你在我的身上看见了自己的悲痛。

爱情

爱情，是世上最高尚、最特别的情感。这是大家公认的事。另一个“我”，进入到你的“我”中：你被变大了，并且被突破了；此刻，从肉体而言，你显然已经十分超然了，并且你的“我”被清除了。但甚至连这种消亡，也让一个富有生命活力的人感到愤愤不平。唯有不朽之神方可重生。

哦，我的青春！哦，我蓬勃的朝气！——果戈理

“哦，我的青春！哦，我蓬勃的朝气！”之前，我也曾这般叹息过。但是，在我这般叹息时，我还年轻，还有着无限的活力。

那个时候，我只是想通过忧郁来讨好自己，看似在怜惜自己，实则暗中颇为得意。

如今，我沉默无语，不会再为那些已逝的事物长吁短叹，黯然神伤……因为，那些失却之物本身就以难以名状的烦闷让我为之煎熬。

“嘿！最好不要再想这些了！”坚强的男子汉们果断地说。

我怜悯……

我怜悯自己、他人，以及所有的人，还有鸟、野兽……世间的一切生灵。

我怜悯儿童与老人，不幸的人与幸运的人……怜悯幸运的人超过不幸的人。

我怜悯那些经常胜利的、凯旋的将领们，怜悯那些伟大而令人敬仰的艺术家、思想家和诗人们。

我怜悯杀人犯及其受害者，怜悯一切的丑和美，怜悯压迫的人及被压迫的人。

我要如何把自己从这怜悯之中解救出来呢？它让我不能安定地生活……它，连带着这种种苦恼。

哦，苦恼，苦恼，溢满了怜悯的苦恼啊！人万万不可深陷于苦恼里。

真的，最好我还是羡慕些什么吧！那我就去羡慕——岩石。

处世法则

你想要成为平和宁静的人吗？那就去和大家来往吧，但要一个人生活，别着手去做任何事，对一切事物都不要感到惋惜。

你渴望成为一个幸福的人吗？那你先要学会吃苦。

谁之罪

她将自己温暖而苍白的手向我伸了过来……却被我蛮横冷酷

地推开了。她青春可人的脸上，露出了迷惑不解的神色；年轻纯真的眼睛，向我投来带着一丝指责的目光：年轻单纯的心，并不能懂得我。

“我有什么过错？”她喃喃地问道。

“你的过错？在最流光溢彩的天穹深处，那个最快乐的安琪儿，恐怕要比你更易犯下过错呢。

“但在我跟前，你的过错大得不得了。

“你想要知道这个你无法理解，而我没有办法解释给你听的过错吗？

“这个过错便是：你——正处于最美好的年华；而我——已步入暮年。”

人　　生

勃兰兑斯[①]/文

这里有一座所有人都不得不去攀登的高塔。它的阶梯顶多只有一百级左右。高塔的中心是空的。一个人一旦登至它的顶端，便会从中坠落然后落地摔得粉碎。可是所有人皆不太可能从那么高的地方坠落。这是任何人都要遵从的命运：如若他到了注定的那级阶梯（但他自己不知道），阶梯便会在他的脚下突然消失，仿佛它是陷阱的盖子，而他亦随之消失不见。不过他并不晓得那是第20级，还是第63级，抑或是其他某一级；他明确知道的便是有一级阶梯必定会在他脚下消失。

刚开始的时候，攀登是轻而易举的，但是过程很慢。并不是因为攀登很困难，而是到达每一级后，从高塔的瞭望孔放眼四

① 格奥尔格·勃兰兑斯（1842—1927），丹麦著名文学评论家、文学史家。倡导现实主义，他的著作《十九世纪文学主流》研究19世纪前期法、德、英诸国文学的流向和内因，流布甚广。代表作品：《十九世纪文学主流》《波兰印象记》《俄国印象记》等。

望，看到的景象都十分赏心悦目。每件事物对自己来说都是新鲜的，远近高低各不相同，令人流连忘返，并且展望前景还有更多的事物等待着被发现。之后，愈是往上攀登，愈发觉得困难了，并且眼睛已经难以辨别外面的事物，它们看上去都大同小异。每个阶梯上也好像没有什么值得人恋恋不舍的事物了。这时兴许应当走快一点，或是大步流星地一次连登数级，不过，这是不可能办到的事。

一般情况下，一人一年会登上一个阶梯，他在旅途上的友人都会为他送上祝福，因为他还在高塔上，并没有坠落下去。在他走完10个阶梯，站在一个崭新的平台上面，旅伴们会向他致以更为热烈的祝贺。每次人们都期望他能够一直向上攀登，并在这种期望中显现出更多的矛盾。勇敢的攀登者一般都大受感动，却全然忘了身后少有值得自豪骄傲的事物，并忘了前面又有怎样的灾难正悄然等待他的到来。

就这样，绝大部分被称为正常人的一辈子便过去了。从精神的角度来看，他们停驻在了同一个地方。

而此处另有一个地洞，那些步入地洞的人全都期望自己能够挖掘出一条坑道，方便自己深入到地洞的深处。并且，有一些人企望探寻出几个世纪以来先辈们挖掘出的那一条条坑道。一年又一年，他们日益深入地下，来到一些储藏矿物的地方。他们熟谙这个如同迷宫般的地下世界，在一条条错综复杂的坑道里搜寻出路，指引或解析或亲自参与探索地下世界的工作，并且乐在其中，全然忘记了岁月的悄然流逝。

这就是他们短暂而又漫长的一生，他们全神贯注地向思想的幽谷发掘和探求，忘却了当下的诸多事物。他们为自己衷心选择的寂寞职业而忙碌着，承受着荏苒光阴带来的牺牲和忧愁，以及岁月悄然捎走的快乐。当死神即将降临的时候，他们会如同阿基米德[①]在临终前那样提出要求："不要弄乱我画的圆圈。"

在人们面前，尚有一个无边无际的广阔领域，类似撒旦向救世主呈现的那些散落于高山上的王国。对于那些一辈子始终觉得饥渴、盼望征服的人而言，人生就是，一心一意地专注于夺取尽可能多的领土，获得更广阔的视野和更丰富的经验，统领更多的人与事物。他们在军事征伐的蛊惑之下，享受着他们自己的乐趣——权力。他们矢志不渝的永恒愿望就是占据更多男人的头脑，赢取更多女人的心。他们永不满足，深不可测，并且具有强大的力量。他们不仅不厌倦岁月，并且能够很好地利用它。他们永远保持着年轻人的所有特点：热衷于冒险，热爱生活，逞凶斗狠，精力充沛，思维活跃。不管他们怎样年迈，即便是到死，他

① 阿基米德（公元前287—前212），古希腊伟大的哲学家、科学家、数学家、物理学家、力学家，静态力学和流体静力学的奠基人，被尊称为"力学之父"。阿基米德和高斯、牛顿并列为世界三大数学家。代表作品：《论球和圆柱》《圆的度量》《论杠杆》等。

们的灵魂也是如此年轻。他们犹如鲑鱼迎向激流那般，勇于直面岁月的激流。

然而，还有一个这样的工场——劳动者终其一生都在这里工作，悠然自在，每天都有不错的收获，他们在不知不觉间慢慢变老。确实，对于他们而言，只要有一些知识和经验便足够了。而他们也有很多做得最棒的事，这些就是他们领会最深、见过最多的。他们在工场中的生活改变了生活原有的形态，让它变得更加美好，日子过得更加舒适。因而，那些开始进行实践工作的人都知道，想要成为技艺精湛的大师唯有依靠他们自己。而大师也十分清楚，多少年后，如果在研究和熟练的技艺上一直停滞不前，是十分愚蠢的。他们会自我警告：一种经验（也许是令人痛苦的经验），一个小小的观察，一次透彻的调查，愉悦与悲伤，失败与成功，以及梦想、臆度、遐想，都会以各种各样的方式给他们的工作带来许多好处。故而，随着年龄渐长，他们的工作经验也会变得更丰富，在工场上的地位也变得更重要。他们凭借天赋才华，用理智清醒的头脑信任自身的才智，并笃信它会让他们步上正途，毕竟天赋的才干是属于他们的。他们坚信自己可以为工场做些有益的事。他们在时光的飞逝中，不去奢望获取幸福，因为幸福或许无法到来。他们不曾惧怕过邪恶，也许邪恶就潜藏于他们的体内。当然，他们也不曾担心失去力量。

他们的工场虽不算大，但对于他们而言已经足够了。这个空间足以让他们在里面塑造形象、抒发感情和表达思想。他们工作繁忙，没有闲暇去察看放置在工场一侧角落里的沙漏计时器，沙子正在不断地从计时器上往下漏着。当某些新奇的思想赠送给他，他显然已经明白，那就犹如一只可爱的手在缓慢转动着沙漏计时器，从而使得它的进度得以减速。

夜　　莺

劳伦斯[1]/文

塔斯卡尼[2]到处都可以看到夜莺的身影。它们在春夏两季，除了正午和半夜之外，一直鸣唱不停。枝繁叶茂的小树林中，树木好似铁线蕨悬垂于岩石那般挂在山边和溪畔，凌晨四点钟左右，你就能听见夜莺在小树林间，迎着泛白的晨曦，高声吟唱：“你好！你好！你好！”它那银铃般优美的歌声，是世上最清亮的声音。这歌声非常欢快，光芒万丈，其中蕴含着强大的能量。所以每当听到这歌声时，都会使人感到惊奇，并且十分震撼。

“夜莺在那里！”你喃喃自语道。它在拂晓前开始歌唱，当时漫天的群星似乎刚从又矮又小的灌木丛下跃入辽阔而朦胧的晨光中，然后藏了起来，最后销声匿迹。美妙动听的歌声在日出之

① 戴维·赫伯特·劳伦斯（通称“D·H·劳伦斯”）（1885—1930），20世纪英国小说家、批评家、诗人、画家。代表作品：《儿子与情人》《虹》《恋爱中的女人》《查泰莱夫人的情人》等。

② 塔斯卡尼，意大利的一个地区。

后再度响起，每当你重新惊奇地俯耳聆听时，总会想到：“人们为什么认为夜莺是一种哀伤的鸟儿呢？”

夜莺是鸟类世界中最喧闹、最不善解人意、最率性、最活泼的鸟儿。对于任何一个熟知它鸣叫的人而言，始终难以理解约翰·济慈[①]为什么以“我的心儿痛，瞌睡麻木折磨”作为他《夜莺颂》的开头语。你会听见夜莺那银铃般的叫声：“什么？什么？什么，约翰？心儿痛，麻木？特——拉——拉！特——哩——哩哩哩哩哩哩哩！”

我也不知道，希腊人为什么会觉得它们是在树间为失去的爱人而哀泣呢？“啾——啾——啾”那些中世纪的作家说这是如闪电般的火球在夜莺的喉咙中转动。这是一种充满野性又不乏清亮柔美的饱满声音，较之孔雀身上艳丽的翎斑更为光彩夺目：

那欢快的灰褐色夜莺是那么多情，
为了伊堤罗斯歌唱的声音只唱到一半。

人们说“啾！啾！啾！”的声音是它正在抽泣。至于他们是如何听出这层意思的，这便像一个无法解释的谜。我不知道，那些听到夜莺在“抽泣”的人，他们的耳朵是不是长倒了。

---

① 约翰·济慈（1795—1821），英国杰出的诗人作家之一，浪漫派的主要成员。并与雪莱、拜伦齐名。代表作品：《夜莺颂》《希腊古瓮颂》等。

无论如何，这就是一种非常强烈、毫无掺杂的雄鸟的啼叫声。这个断言十分纯粹，既无一丝一毫的暗示，更不是虚空的回音。这种啼叫声根本不像空洞而低沉的钟声。其中也绝对没有凄凉的声音。

或许正是这样才让济慈随即产生孤寂之情吧。

> 孤寂！这二字如同一道晨钟之声，
> 将我敲回到独自站立的原处！

或许原因就在于此。他们因此将在树丛间夜莺的啼啭听成啜泣，而每一位真诚善良、认真聆听的人所听到的便是银铃般动听的声音，可能正是人和人的不同看法，导致了听觉上的差异吧。

实际上，夜莺的啼鸣清脆、活泼、质朴，具有令人驻足欣赏的力量。这是一种热情洋溢的叫声，一种清脆的交相感叹，正如上帝创造世界的头一天，天使们乍然发现自己被上帝创造出来的那一刻所发出的情不自禁的惊叫声。那时，在天堂的树林里回荡着天使们的声音："你好！你好！你看！你看！你看！这是我！这是我！这是一件多么神奇的事啊！"

就算是为了这纯粹而美妙的宣言："你看！这就是我！"你也要凝神静听它的歌声。兴许，为了视觉上能够完美地体验到同样的宣言，你可以看一下正展开全身翎斑的孔雀。在一切完美的创造物中，下述两种或许最完美：一种是看不到的喜悦的声音，另一种是寂静无声却能够看到的视觉美。虽然夜莺有一种内在的蓬勃朝气，易使人产生一种亲和、雀跃的神秘感，但要是你亲眼瞧见了夜莺，便会发现它只是一只普普通通的灰褐色的小鸟。这就好比美丽的孔雀，当听到它的鸣叫声时，就会发现它的声音非常难听，但它依然可以给人留下深刻的印象：从阴森可怕的热带雨林中传来一阵阵无比惊惧的呼叫。在锡兰[①]，你可以看到孔雀在高大的树上狂呼乱叫，紧接着它们飘飘地飞过猴群，飞入那喧闹、阴暗而又神秘莫测的森林中去了。

兴许就是这个原因——喜欢天使或魔鬼都是单纯真实的自我断定，因此夜莺让一些人感觉伤感，而孔雀通常会让这些人感到愤慨。这伤感中通常有着一半的妒忌。富有而光明的上帝之手将夜莺创造得这般活泼、生动，并赐予它永恒的新意与完美。夜莺由于自身的完美而啾啾欢歌鸣叫，孔雀则自信地舒展开它身上全部的棕色与紫色的翎斑。

这小而完美的造物之声，这表现了鸟类完美的绿色闪光，当它们冲击着人们的耳朵和眼睛的时候，就会令人产生孤寂或气愤的情感。

耳朵远远不及眼睛狡猾。你可以对他人说：“我好爱你，

① 锡兰：今斯里兰卡，接近赤道，终年如夏，年平均气温28℃。风景秀丽，有“印度洋上的珍珠”的美誉。

今早你看起来非常漂亮。”虽然那些深仇大恨在你的声带中震颤着，但她也会对你说的话深信不疑。

耳朵非常笨拙，它会接受一切的伪饰语言。可若是让一丝愤恨之情跃入你的眼眸或闪过你的脸颊，眼睛便会马上察觉出来。眼睛不仅十分精明而且快如闪电。

正因为这样，我们立刻能察觉到孔雀所有的炫人而又气昂昂的自信，并轻蔑地说：“漂亮的羽毛可以装点出美丽的外表。”但当我们侧耳倾听夜莺的歌声，我们并不清楚自己到底听出了什么含义，只知道自己觉得哀伤、孤独。因此，我们断言哀伤的是夜莺。

让我们再重说一次，夜莺是这个世上最不伤感的生灵，甚至比光彩照人的孔雀更不知晓忧愁的滋味。事实上，也没什么令它感到伤感的地方。它安逸知足、自得其乐，并且也不自负骄横。它仅仅是觉得生活幸福，从而啼叫表白心情——高声“啾啾”鸣叫，欢声笑语，它们发出悠长的缠绵呼叫，抒发来自心灵的情感，宣告与欢呼；但是它从不聒噪叫嚣。夜莺的声音是高度纯粹而独特的音乐，只要你不给它填写你自认为的词语。可是夜莺的欢唱在我们心间荡起的情感是能够用语言表达出来的。当然，这并非事实。每当听见夜莺欢唱，个人的情感难以用语言来形容。这种动人心弦的情感远比语言更为纯洁，一切语言都被玷污了。但我们可以说，它是一种人生和美幸福的欢愉之情。

这不是嫉妒你的好运气，
而是你的欢乐让我过于欣喜——
因为你呀，轻翼的树木之神，
在遍布绿榉，
绿叶成荫的地方，
你放开歌喉，赞颂盛夏。

可怜的济慈，夜莺欢乐，他也只得“过于欣喜”，其实他的心里压根就不开心。因此，他想要畅饮使人害羞的灵泉，与夜莺一同走进阴晦的森林里隐居。

远远地隐匿，消失，并且彻底遗忘
你在树丛中不曾知晓的事情，
忘掉疲惫，焦虑与愤恨……

这是男性极为哀伤、清丽的诗句。但下一行字却让我觉得有些滑稽可笑。

人们端坐此处倾听彼此的哀叹；
瘫痪的老者抖落了几根仅剩的白发……

这压根不是夜莺，而是济慈。但哀伤的他仍旧打算远离人间，走进夜莺的世界。葡萄美酒带不走他，而他执意要朝目的地奔去。

飞呀！飞呀！我要飞到你那里去，
不愿搭乘酒神那由群豹驾驶的仙车，
而是乘坐诗神隐形的羽翼……

但是，他并没有成功。诗神隐形的羽翼并没有将他带入夜莺的世界，只是把他带到了灌木丛间。他仍然留在外面。

我在暗中聆听你的歌声，
唉，有许多次，
我几乎迷恋上了令人安宁的死神……

除非运用对比，夜莺从来没有让谁爱上“令人安宁的死神”。这是夜莺纯粹的自我陶醉的通亮火苗和济慈祈望忘却自己、永远期望超越自我的忧惧的思想火花之间的对比：

想在午夜时分安然地与世长辞，

但此刻你却这般欣喜若狂地尽情
倾述你的心声！
你将继续歌唱，我的耳朵却已失去效用，
无法听见你的安魂曲，如同泥团一般。

若能让夜莺知晓诗人是如何回答它的鸣啭，它一定会感到万分吃惊。它可能会因太过诧异而从树枝上坠落下来。

因为在你答复夜莺时，它只会啼得更欢快、更响亮。假定在附近的灌木丛间再有几只夜莺应声唱和——它们一贯如此——那这蓝白色的啼声火花就会冲向天空。假定你是一个平凡的人，恰巧坐在绿树成荫的河畔，与喜欢的女子激烈地争辩着，领头的夜莺会如同卡鲁索[①]在第三幕里那般唱得越来越响——这阵精湛带着爆发性的亢奋音乐，压制着你，直到你完全听不见自己说话、争论的声音。

实际上，卡鲁索就具备夜莺的特点——在歌唱时会如它一般突然迸发出奇妙的活力，显得饱满而悠闲自在。

你不是为了死亡而生，永恒的神鸟！
饥荒的年代不会将你击倒。

① 卡鲁索（1873—1921），意大利歌唱家。

无论如何，在塔斯卡尼不会沦落至此。夜莺们老是喋喋不休。布谷鸟却显得缥缈悠远，低沉沉地、隐隐约约地啼叫着，展翅飞过。或许英格兰的情形与众不同，独树一帜。

今天晚上我倾听到的声音，
古代的帝王、庶民也曾听过；
这同样的歌声也许还曾打动过露丝哀痛的心房，
让她在异国的麦田里泪流满面。

为什么流泪？总是在哭泣。我深觉诧异，在君王里，狄奥克力第安在听见夜莺的歌声时落泪了吗？民众间的伊索[1]也同样如此吗？而露丝是真的流了千行眼泪吗？我是非常怀疑，应是这位年轻女性挑逗着夜莺啼鸣的，如薄伽丘[2]故事里捧着活泼的小鸟入睡的小女孩一般——“你的女儿犹如夜莺一样灵巧活泼，她手里捧着一只小鸟。”

当雌性夜莺轻柔地趴在鸟蛋上，听到它丈夫的鸣叫时，会有

① 伊索（约前620—前560），古希腊著名的哲学家、文学家、寓言家。代表作品：《伊索寓言》等。

② 乔万尼·薄伽丘（1313—1375），意大利文艺复兴运动的杰出代表，人文主义作家。与诗人但丁、彼特拉克并称为佛罗伦萨文学“三杰”。代表作品：《十日谈》等。

何感想？它应该挺爱听的，因为它依旧洋洋自得地孵蛋。它说不定爱丈夫的夸夸其谈更甚于诗人谦逊的低吟：

> 现在的我越发感觉到死亡的壮美，
> 想在午夜时分安然地与世长辞……

对雌性夜莺而言，这些毫无益处。人们对济慈的范妮[①]深感怜惜，也了解她为何一无所获。这么美好的晚上原本能给予她无限的欢乐！

或许，总而言之，不管雄性夜莺痛不痛苦，在午夜时分没想停止鸣唱，雌性夜莺就会获得更多的快乐。深夜的作用更为显著。一只任由雌鸟独自孵蛋，只顾自己纵情歌唱的雄鸟，可能要比一只哀伤低吟的雄鸟更合雌鸟的心意，即便它的低吟是向雌鸟传递爱意。

自然，在雄性夜莺纵情高歌的时候，是注意不到那只瘦小而又毛发缺乏光泽的雌鸟的存在的。它也不曾提过它的名字。但它的内心十分清楚，这歌有一半是为它而唱的。如同雄鸟清楚那些鸟蛋中有一半是属于它的。就像雌鸟不允许雄鸟进入鸟巢踩踏鸟蛋一般，而雄鸟也不要雌鸟参与它的歌唱，喋喋不休，不成腔

① 范妮，又名芳妮，济慈的未婚妻，也是济慈最爱的女人。

调。男女应当各司其职：

别了！别了！你凄婉的赞歌
正在逐渐消散……

它根本不是在唱凄婉的赞歌——它是壮志凌云的卡鲁索。但我又何苦和一位诗人争论呢。

我的人生已逝

乔治·吉辛[①]/文

可是，我的人生已逝。

生命是何等渺小！我晓得哲学家们曾经说过的那些话。我曾经屡屡诵读过他们描写人生苦短的诗句——不过，直到今天我才确信他们的话。难道这便是一切？个人的生命怎能这般短暂、空虚呢？我徒劳地自我说服：真实的生活才刚刚开始。汗水和恐慌如影随形的日子压根就不是生活，让不让生活变得更具价值，现在决定权仍在我这里。恐怕是我在自我安慰罢了，但它不可以将这个事实弄得不清不楚，那就是：机遇与前程的大门再也不会为我打开了。我现在已经退居二线，美好的生命早已成为往事，现在的我只是一个普通的退休商人。我可以回首已经走过的人生历程，轻叹它是多么地渺小！情不自禁地想要狂笑一下，但我克制住了，仅是淡然而笑。微笑，一是带着再三忍耐而不是鄙视，

① 乔治·吉辛（1857—1903），英国小说家、散文家。代表作品：《新寒士街》《在流放中诞生》《四季随笔》等。

二是不能过于自艾自怜，这样就是最好的了。终究我是未曾真的被困于一些事件的境遇中，即使遇到也能轻易地摆脱掉，自身完好无恙。生命结束了——那又如何？它到底是痛苦还是快乐，我当下无法给出一个总结。是否事实本身便无须我这样患得患失？还在纠结什么呢？命运绝不会呈现出自己的真实面目，它召唤我出生，要我饰演一个渺小的角色，而后让一切尘埃落定，重归寂静。我面对这般命运，是选择顺从？还是选择忤逆？我感恩于心，感激自己没像他人那般遭受无可忍受的冤屈，以及经受来自肉体、心灵两方面的惨烈创伤——唉！我从他人身上看到过这些冤屈与创伤。我大部分的人生旅程相对走得平顺安闲，这还不够自己满足的吗？若是我惊叹于这人生的短暂和空虚，而这个过错也是我自己亲手造成的啊！已逝的先辈们向我大敲警钟：最好此刻便看清一切，遵循真理行事。否则，今后定会被恐慌包围，并且无力挣脱，只能愚蠢地哭天喊地，怨天尤人。所以，我情愿快快乐乐，也不愿悔恨终生。之后，我也不再去想入非非了。

论　创　造

罗曼·罗兰/文

生命宛如一把弓，这弓弦便是梦想。而射手在哪里呢？

我曾经看到过一些漂亮至极的弓，它们是用坚实牢固的木材制作而成，上面看不到任何的节痕，流畅俊逸如同神的眉毛，但依然毫无用处。

我看过一些即将拉开而颤动的弓弦，在静谧之中不断地颤抖着，好似刚从摇荡的内脏里拔出的肠线。它们拉得很紧，马上就要奏响……它们即将射出箭矢——那音乐的符号——在空气构成的湖面上掀起一片涟漪，可它们还在等候着什么？最终，它们松弛了下来。永远不会有人听到它的乐声了。

颤动重归寂静，箭矢四散纷飞，射手什么时候来捻弓呢？

他早就将箭搭在我的梦想之上了。我险些记不得自己什么时候曾躲避过他。唯有神知晓我拥有什么样的梦想！我的人生是一场梦，梦里有我的爱、行动及思想。在失眠的夜晚，在满怀幻想的白天，我灵魂深处的谢海莱莎特便悄然解开纺纱竿。她在焦急地讲述故事的时候，扰乱了她自己关于梦想的脉络。我的弓掉落在了纺纱竿那面；而射手——我的主人，早已进入了梦乡。但就算是在睡觉的时候，他也不让我有所放松。我挨着他躺下，我犹似那张弓，感觉到他将手放在了我平滑的木杆之上。那只结实丰润的手、那几根纤长且柔软的手指，它们用柔嫩的皮肤抚摸着一根在黑夜里奏响的弦线。我将自身的震颤融进他身体的震颤里，我颤抖着，等待他苏醒的刹那，那一刻圣洁的射手便会将我搂入怀中。

任何一个有生命的人全被他掌握在手中。智慧和身体，人、兽、元素——水和火——空气和树脂——一切有生命的东西……

生存哪里值得谈论！想要好好生活，就要立即行动起来。您在哪里，我的射手，我朝您呐喊！生命的弓横放在您的脚下。请俯下身体，捡起我吧！将箭搭于我的弓弦之上，射出去！

我的箭犹如急速的羽翼，嗖的一声飞射出去；那射手将手挪回并放到肩上，眼睛紧盯着消失于远方的飞矢；而射过的弦线，也逐渐从颤动重归静止。

神秘的宣泄！有谁可以解释呢？所有的生命意义正是在于创造的刺激。

世间万物全都期冀着能在这种刺激的状态下生活。我时常观察着我们那些小伙伴们，一些兽类和植物之间奇特的睡眠方式——那些被束缚于树茎之中的树木，做着美梦的反刍动物，会梦游的骏马，终日里糊里糊涂的生物。而我从它们身上却察觉到了一种无意识的智慧，其中还透出了一些忧郁的微光，显示出思想即将形成：

“到底何时才行动起来呢？”

微光隐匿，它们再次睡着了，疲惫而顺其自然……

“时间还没到呢。”

我们只能等待。

我们这些人类继续等待着。

但对于一些人，创造的天使只是站于门口。对于另外一些人，天使则进入了门内，用脚示意性地触碰着他们：

“快醒醒！前进吧！”

我们一呼即应，腾空而起。我们走！

我一直在创造，因而我还活着。生命中的首次行动就是创造。一个新生男婴一从母体中出来，随即就会喷出数滴精液。一切全是种子，包括身体与心灵。每种健康的思想都是一粒包裹着植物种子的壳，有着传播运送生命的花粉的使命。造物主不是那些讲究纪律组织的工人，工作六天并在安息日休息。安息日是上帝的圣日，同时也是神圣的创造日。造物主不晓得其他日子。一旦他停下创造，哪怕是停了一瞬间，他也会立即死亡。因为“空虚”会张着大嘴等候他……大口吞下去，别出声！伟大的播种者播撒着种子，犹如炽热的阳光；每一粒播撒下的渺小种子便会如同又一个太阳。倾洒吧，将来的收获，不管是肉体的，还是精神的，都是一样的生命源泉。“我不朽的女儿，刘克屈拉与曼蒂尼亚……”我创造自己的思想和行为，当作自己身体的果实……永恒不变地将血肉寄予文字……这就是我创造的葡萄汁，恰如人们收获了葡萄之后，用脚在装满葡萄的大桶里踩出葡萄汁那样。

所以，我不断地创造着……

世间最美的坟墓

茨威格[1]/文

我在俄国从来没有见过哪个景物比托尔斯泰[2]墓更壮伟、更动人心魄。这将被后世之人永怀敬仰之情朝拜的神圣之地，远离红尘俗世，孤单地沉眠于树林之间。沿着一条野径漫步而行，绕过一片林间空地与灌木丛，就来到了墓地前。墓地仅是一块长方形的土丘。没有人专门去守护和管理，独靠几棵参天大树荫庇着。他的外孙女对我说，这几棵在秋风中摇曳的参天大树是托尔斯泰亲手植下的。童年时期，他和哥哥曾经听保姆讲述一个传说——亲手植树之地会成为幸福之所在。于是兄弟俩便在他们的庄园里种植了几株小树苗，不久便被他们忘却了。托尔斯泰直到

---

① 斯蒂芬·茨威格（1881—1942），奥地利小说家、诗人、剧作家、传记作家。代表作品：《象棋的故事》《一个陌生女人的来信》《心灵的焦灼》《昨日的世界》等。

② 列夫·尼古拉耶维奇·托尔斯泰（1828—1910），19世纪中期俄国批判现实主义作家、思想家、哲学家，代表作品：《战争与和平》《安娜·卡列尼娜》《复活》等。

暮年，方才记起这件童年往事，以及那个关于幸福的许诺游戏。饱经沧桑的他蓦地从中得到了更为美好的新启发。他留下遗愿，他死后要安葬于自己亲手种植的树木之下。

后来，一切按照他的遗愿完成。他的墓地成了世上最美丽、给人印象最深、最感动人心的墓地。它仅是林间一小块长方形的土堆，上面除了长满的鲜花，什么都没有，连十字架、墓碑、墓志铭都没有，甚至连托尔斯泰的名字都找不到。这位比任何人都更深切地感受过声名所累的伟人，如同那些流浪汉、不知名的士兵一般，没有留下名字就被安葬了。任何人都能走进他的长眠之所。墓冢的四周是被稀稀松松的木栅栏围成的，只是围而不关闭——护佑列夫·托尔斯泰安息的，除了人们的敬仰，别无其他。而通常人们往往带着好奇之心，去打破伟人墓地的静谧。此处纯然的素朴抑制了一切试图赏玩的闲情逸致，且容不得你肆意高声说笑。一阵微风从这块墓地吹过，在林间萧萧作响，温暖的阳光在墓地上方玩耍；冬日里，白雪轻柔地将这片清幽的安息之所覆盖。不管你是炎夏或是寒冬到此，你都想象不出，这个隆起的方寸之地竟然长眠着一位当代最伟大的人物之一。而这个不留姓名的举动，却比任何一个费尽心思用大理石与豪华配饰修筑的墓冢更加动人心弦。在今天，这个极为特别的日子，数以千百计的前来瞻仰的客人中，没有一个有勇气，哪怕只是从墓地上最幽暗的角落里采一朵小花作为纪念。人们再度认识到，世间再没有比这纪念碑式的纯朴更撼动人心的了。巴黎荣军院里拿破仑的灵柩，魏玛大公陵墓里歌德的棺柩，西敏司寺中莎士比亚的石墓，看起来都不如这个林间唯有微风轻吟，悄无人声，庄重严肃的无名之墓那般强烈地震撼每一个来此的人内心深处所潜藏的情感。

泰戈尔[1]散文精选五篇

泰戈尔/文

一、竹笛

竹笛的言语，是永远的言语。它的源泉来自湿婆的恒河之水，每一日源源不断地流过大地的胸田；它像一位仙界的仙子，在和死去之人的灰烬嬉戏间从上空降落。

我站在路边，凝神静听着这悦耳动人的笛声，无法明白当时自己心里是一种怎样的心情。我原本有意将这定苦融入那熟悉的苦乐里，只是它们都没能如愿融合到一起。我意识到，它比那些熟悉的微笑更清澈，比熟悉的眼泪更沉重。

我也察觉到了，熟悉的事物并非真理，而真理则是那些我们

① 拉宾德拉纳特·泰戈尔（1861—1941），印度诗人、文学家、社会活动家、哲学家、印度民族主义者。代表作品：《吉檀迦利》《飞鸟集》《园丁集》《新月集》《最后的诗篇》等。

不熟悉的事物。这种奇特的感觉是如何油然而生的呢？而这很难用言语来回答。

今天清晨，我一起床便听到了竹笛的声音，那是从娶亲的人家传来的。

日常中，每日的笛声与婚礼初日的笛声有什么相像的地方呢？潜藏于心的不悦，深沉的气馁；鄙视、骄横、倦怠；欠缺足够的自信，丑陋而毫无意义的争吵，难以宽恕的冲撞，生活里司空见惯的贫困——一切的一切，又怎能以竹笛的仙语倾泻而出呢？

悠扬动人的笛声从人世的山巅，将一切熟悉的语言帷幕猛然撕裂。永远的新郎与美丽的新娘，蒙着一块艳红而带有羞意的头巾在此相会，这块头巾正是在悠长的笛声里被缓慢揭开。

那一头，竹笛奏响了一首乐曲，是象征一对新人交换花环的乐曲。这一头，我望了一眼新娘，她修长的脖子上挂了一条金项链，纤细的脚腕上戴了一对脚镯，她好似站立在泪湖之中的一朵欢喜的莲花上。

竹笛通过婉转缥缈的笛声讴歌新娘成为新家的一名成员，却对她还不够了解。新娘从那熟悉的旧日家园来到新家，成为这个陌生人家的新妇。

竹笛说，这才是生活的真谛。

二、黄昏和黎明

这边，黄昏已然到来。太阳之神呀，你的黎明此刻降临到了哪个国家、什么海湾？

这边，晚香玉在黑暗里轻颤着，就像一位脸上盖着纱巾的新娘，羞怯怯地站在新房的门口。金香木，你这属于清晨的花儿，又在何处争奇斗艳呢？

有人睡醒了，傍晚时分点亮的灯火，现在早已熄灭，夜晚编成的白玫瑰花环也已经凋谢了。

这边，每家的柴门紧紧闭合；那边，每户的窗子已经敞开。这边，船停靠在岸边，渔民进入梦乡；那边，微风已经扬起了风帆。

人们走出客店，朝东方前进；晨光洒落在他们的脸庞，他们过河的钱到现在还没有还上。一双双漆黑的眸子，透过路边的一扇扇窗户，带着同情的企望，正凝神注视着他们渐行渐远的背影。一条大道俨然在他们前方启开了朱红色的请柬：一切都为你们准备好了。跟着他们不断起伏的心潮律动，胜利的鼓声已经砰砰砰地擂响。

这边，全部的人都乘着这只日暮的小舟驶向黄昏的晚霞那边去了。

在客店的庭院里，他们将一件件破破烂烂的衣衫铺展在地上，当床来睡。有的独自一人，有的携带着疲累不堪的伴侣；昏暗中，难以看清前方的道路是什么，眼下他们仅是小声地聊着一路上发生的事情。聊着聊着，戛然而止，继而陷入寂静。之后，他们在院中举目仰望，北斗星恰好悬挂于辽阔的天穹。

太阳之神啊，黄昏立于你的左方，而黎明却站于你的右侧舒展腰肢。请你将黄昏与黎明连在一起！让黄昏的暗影与朝霞的光芒相拥亲吻！让这黄昏的曲调为那黎明的歌声祈福！

三、小巷

这条由石块铺就的小巷，逶迤曲折，时而朝右，时而朝左。好似会在某天出来寻找什么一样。但不管它朝向哪里，总难免会碰到一些阻碍。这一头木板房鳞次栉比，那一头高楼林立，前方的楼房排列得整整齐齐。

只需仰视，你便能望见上方是一条天穹的宽带——它如同小巷一般狭窄蜿蜒。

小巷问天带："请问姐姐，你是哪个碧城中的街巷呢？"

午时，它瞧见了匆匆一现的太阳，于是它喃喃自语道："我也不太清楚，这是哪里？"

在两排楼房之间的上空，雨云变得越来越浓重，仿佛有人拿铅笔涂去了这条小巷里的一片光亮。雨水在小巷的石板路上肆意地流淌着，雨坠落在石头上发出一种击鼓般的声音，好似耍蛇时节那般。小石路在水的冲洗之下变得特别滑，路人的伞时不时地便会碰在一起；一道水流不经意间从屋檐坠落到这些雨伞上，让行人惊诧万分。

小巷轻叹道："如果来一场干旱那得多棒哦！为何要这样没头没脑地一直下雨呢？"

在帕尔表月[①]，南风如同一个倒霉的人，猛然冲入小巷；顷刻间巷中纸屑、尘土随风飞扬。小巷气鼓鼓地说："这准是哪位一时痴癫的神仙酒后发狂！"

这条小巷的两边，天天各种垃圾堆积成山，有鱼鳞片、炉灰渣子、烂菜叶，还有死老鼠。小巷知之甚详，而这正是不容回避的事实。哪怕遗忘，它也未曾这般去想："这一切到底是因为什么呢？"

而当暖和的秋日阳光照射到屋顶的阳台上，当人们敲击祭扫的钟，响起一阵当当声，小巷便会想到："在这条石径以外，也许还藏着某种伟大的光芒！"

这边，时光在悄然飞逝，阳光好比勤劳妇女的一角纱丽，从房屋的肩膀滑落至小巷的边沿。恰逢时钟敲过九点，女佣人挎着菜篮从市场赶了回来，厨房中的缕缕炊烟间杂着阵阵香味，漫溢

① 帕尔表月：印历十一月，在公历二月和三月之间。

了整条小巷。那边，人们正忙着赶路。

小巷随即心想："这条石径之上，所有的一切皆是真理。而我以为的神圣崇高之物，也只是一种幻想罢了。"

四、生命与心灵

一

我的窗前有一条红色的土路。

满载着货物的牛车在红土路上行驶着；绍塔尔族女郎的头上顶了一大束稻草匆匆地前往集市。黄昏时分，她们从集市回来，一路而来，留下了一串串银铃般清脆甜美的笑声。

现在我的思绪并没有在行人经过的路上驰骋纵横。

我这一生，那些为各式各样的难题烦忧、为各种各样的目标奋斗的岁月，早已随风沉入过往流年之中。当下的我，身体不是很好，心境淡然从容。

大海的表层水势腾涌，在布置地球睡床的幽邃的底层，涌动的暗流将这一切搞得十分浑浊。当风平浪静之时，那些看得见和看不见的表层与深层都保持在和谐共处的状态，大海是那么宁静安详。

同样的，我那颗努力奋斗的心平息下来的时候，我在自己的灵魂深谷中所得到的，便是那天地最初的乐园。

我在路上行走的岁月中，没有时间和心思去注意路旁的榕树，如今我不再行路，而是站在窗前，同他开始进行心灵交流。

他凝神注视着我的脸庞，表现出心急万分的样子，像是在倾述："你懂我吗？"

"我懂，懂得你的一切。"我安慰道，"你不用这般心急。"

之后，恢复了片刻宁静，等我再度端详他时，发现他更显焦躁之情，绿叶在风中飒飒颤动，闪动着刺眼的光亮。

我尝试着让他恢复平静，说："是的，的确如此，我是你的玩伴。成百上千年来，在泥土的游戏大厅中，我们一口口地吮吸阳光，共享着大地甜滋滋的乳汁。"

我听到他乍然起风之声，他回应道："你说的没错。"

在我心室血液的流淌中回响的声音，在光影之中悄然无息转动的天籁之音，化作碧绿叶子的窸窸窣窣声，传至我的身旁。这是一种天地之间的共通语言。

它发出的主旋律是：我在，我在，我们一同存在。

那是无限的欢悦，在那快乐里宇宙的所有原子和分子都在幸福地微颤着。

今天，我与榕树说着一样的语言，来表达我们心头共同的快乐心情。

他问道："你真的回来了？"

"哦，我的朋友，我回来了。"我立刻答道。

因此，我们一同有节奏又带有韵律地鼓掌，大声欢呼："我在，我在。"

二

在我与榕树谈心的那个春天，他初生的新叶，嫩黄嫩黄的，阳光从高空透过无数的树叶缝隙，和大地的阴影暗自相拥。

六月阴雨蒙蒙，榕树的叶子宛如云雾一般沉闷。现在他的枝叶如同老人成熟复杂的思想一般繁密，阳光无法再寻到任何可以渗透的路径。之前它曾像一个穷家少女，而现在摇身一变成为富足的少妇，称心如意。

今天上午的时候，榕树的颈项缠着绿宝石项链，绕了整整二十圈，并对我说："为什么你要头上顶着一块砖石坐在那儿呢？来和我一起步入充实的世界吧。"

我回答道："人类从古至今便有内外两个部分。"

"我听不懂你的意思。"榕树摇荡了一下身子。

我更深入地解释："我们每个人都有两个空间——内在空间和外在空间。"

榕树惊呼了一声："天哪，那个内在空间在哪里啊？"

"存在于我自己的模具中。"

“那在那里干什么呢？”

“创造。”

“在模具中创造，这话太玄秘深奥了。”

“这就好比江河被它们的两岸制约一样，”我耐性十足地说明，“一切创造都要受到模具的限制，一种原料放进不同的模具，有的变成金刚石，有的变成了榕树。”

榕树将这个话题引到了我的身上：“那你的模具是什么样子的，能不能形容一下它？”

“我的模具就是自己的心灵，只要掉入心灵里面的，就会成为丰富的创造。”

“在咱们的日月的左边，可以稍微显露一下你那紧闭的创造吗？”榕树兴致勃勃地问。

“日月并非测量创造的标准。”我笃定地说，“它们都是外在的事物。”

“那到底该用什么去衡量它呢？”

“可以用欢乐，但用痛苦的话会更好。”

榕树说：“东风在我耳边说过的悄悄话，会在我的心灵深处引发共鸣。但你这些深邃的高谈阔论，我真的理解不了。”

“怎样才能让你理解呢……”我沉思半晌，“就像你那东风，一旦被我们捕住，放进我们的空间领域，绑在弦索上，它便会从这个创造变成另外一个创造。这创造会在天空，或是其他宽广心灵的记忆天空中得到一席之位，那就不是我能知道的了。似乎有一个深不可测的情感天空。”

“那请问它的寿命是多长？”

“它的寿命不以事件的时间来算，而以情感的光阴来算，因此无法以数字来表达。”

“你生活在两个天空下面、用两种时间计算，这太离奇、太不可思议了，我无法听懂你的内在语言。”

“不明白就不明白吧。”我无奈地说。

“我外部的语言，你能准确无误地理解吗？”

“你外部的语言衍化成我内部的语言，如果说理解的话，就代表着说它是歌就是歌，说它是想象就是想象。”

三

榕树舒展着全部枝叶，对我说道：“暂停一下，你的思想飘得太远了，你的言论太不着边际了。”

我认为他说得很有道理，说道：“我原本是为了安静来找你的，只是陋习难改，紧闭嘴唇，话也会从唇间外泄出去，和那些睡着走路的人差不多。”

我扔下了纸笔，两眼直盯着他，他那绿油油的榕叶，就像知名演员的纤纤玉指，飞快地弹奏着阳光的琴弦。

我的内心突然问道：“你看见的与我心里想的，二者之间的纽带在哪里？”

“住口！”我断然喝道，“不允许你再问来问去！”

我专心致志地注视着他。时光悄然逝去。

“如何，你觉悟了吗？”最后榕树问道。

“觉悟了。”

四

一天在不经意间流逝了。

第二天，我的内心问道：“你昨日凝神注视着那棵榕树说自己觉悟了，你悟到了什么？”

“我身躯中的生命，在繁芜的愁绪中变得浑浊了。”我说，“要观摩生命的纯粹本相，必然要坦诚面对青草和榕树。”

“你观察到了什么？”

“我发现原始的生命孕育了纯粹的快乐。他精细入微地除去自己花叶和果实中的杂质，无私地奉献出自己的精华——颜色、清香和甘甜的浆液。于是我凝望着榕树说，‘哦，树王，世界上首个诞生的生命传出的快乐之声，迄今仍在你的汁液间回荡。远古时期的质朴笑颜在你的叶脉上闪动着。在我的身躯中，昔日禁锢于忧愁樊笼中的原始生命，这时异常活跃，你在朝它呼吁，“来吧，亲近阳光和清风，跟随我一同带来生动的色彩，华美的钵盂，盛满甘浆的金杯。”’”

我的内心沉默了一会儿，带着淡淡的哀伤，说道："你畅谈生命，滔滔不绝，但为何不愿有条有理地阐述我搜罗来的资料呢？"

"何必要我加以解说呢！它们通过自己的喧嚷，震撼着整个宇宙。它们的聒噪和复杂，压得地球的胸膛疼痛不已。我考虑再三，不知道什么时候才是它们的终结。它们层层叠叠地累积，一圈圈到底打了多少死扣，谜底就在榕树叶间。"

"噢——请告诉我，答案是什么！"

"榕树说，在生命存在以前，那些素材只是一种累赘和一堆废渣。出于生命的触摸，素材交汇融合，显现出完整的美。你瞧，那种美正在林间散步，在榕树的绿荫下吹笛。"

五

遥远的一天的破晓。

生命离开令人辗转反侧的睡榻，奔向未知的前路，奔入没有感知世界的德邦塔尔领域。那一刻，他感觉不到一丝一毫的疲乏和忧伤，他那王子一样华丽的穿着，纤尘不染，不带一丝腐化的黑斑。

下着丝丝细雨的上午，我在榕树里发现了永不疲倦的、坦然自信的、精力旺盛的生命。他摇曳着树枝说："向你致以敬意！"

我说：“敬爱的王子，请你描述一下和沙漠这个魔鬼交锋的具体战况吧。”

“战争很顺利，邀请你去视察战场。”

我放眼四周，北面草木茂盛，东面是一大片绿茵茵的稻田，南面的堤岸两侧排列着很多行棕榈树，西面红松树、椰子树、穆胡亚树①、芒果树、黑浆果树和枣树交杂丛生，生意盎然，掩盖了地平线。

“亲爱的王子，你真是劳苦功高，”我赞许地说，“你是弱不禁风的少年郎，势单力薄，携带的箭囊中只装了又短又小的箭矢；而可憎的恶魔狡诈多端，心狠手辣，这个巨大的魔鬼带的是坚硬无比的盾牌、粗壮硬实的棒棍。但是，我望见到处飘荡着你胜利的旌旗，你脚踩在恶魔的背上，就连岩石都对你顶礼膜拜，风沙心甘情愿签下投降书。”

他面露惊诧：“你在什么地方看见了这样令人动容的场景？”

我说：“我观察到你的这方阵营以从容淡定的姿态出现，你身穿休息的服装却还在忙碌地工作，你打了胜仗还依然保持着绅士风度。因此，修道士端坐于你的绿荫之下研习轻轻松松就能制胜的咒语与快速实现权力分配的契约的办法，你在林间创办了一家教授生命怎样施展作用的学校。因此，疲倦之人在你的树荫下

① 穆胡亚树，熊本植物。

休憩，颓废之人来请你指点迷津。”

榕树听了我的颂扬，它内在的生命欢欣鼓舞地说道：“我去与沙漠这个恶魔激战时，和我弟弟失去了联系，不知道他现在在什么地方，战况如何。你刚刚似乎提起过他。”

“的确，我称呼你的弟弟为心灵。”

“他比我活泼好动多了，他对一切都感到不满意。你能告知我这个任性而不安本分的弟弟的现况吗？”

“可以说一点点。”我回答道，“你为了生活而抗战，他为了获得而作战，远方有一场激烈的战争，是为舍弃而战。你与死亡对抗，他和贫穷殊死搏斗，远方开展着一场为储蓄而战的战斗。战斗越来越错综复杂，闯进战场的找不着走出战场的道路，胜败难料。迷惘而又踌躇之时，你的绿色旌旗高声喊道：‘胜利是属于生命的’，给予战士极大的鼓励。歌声逐渐高昂激烈，而在这激烈的乐曲中，你纯朴的琴弦鼓舞着人心：‘不要惧怕，不要惧怕！我已经创作了乐曲的主音调——原始生命的曲调。一切狂放不羁的乐调，通过美的复唱，融入到欢快的歌声里，任何的得到和给予，宛如鲜花绽放，硕果成熟。’”

五、话语

一

天空密布的乌云，化作一粒粒雨滴，坠落大地，真称得上是在向大地投降啊。女人们就仿佛那纷飞的雨滴，弄不清是从什么地方来到这个世间，变成凡尘的一道阻力。

在她们看来，世界过小，男人也少得可怜。她们只得将个人的言语、苦楚、惆怅等情绪，全部禁锢于狭窄的空间中。因此，她们在头上蒙着头纱，纤长的手臂上戴了手镯，庭院周围建起了墙垣。她们成为这有限空间中的因陀拉尼[①]。

也不晓得是哪位仙人随意开了个小玩笑，之后这个可爱的小姑娘就带着无穷无尽的忐忑，降生到了我们的邻居家。她的母亲气鼓鼓地喊她“魔鬼”，她的父亲笑着喊她“疯子”。

她像一股清泉，穿过权威和势力的礁石，向远方流淌，一去不复返。她的一颗心，如同竹林尖端的枝条和叶子，正在瑟瑟发抖。

二

今日，我看到这个固执的小姑娘在阳台上默然地倚栏而立。

① 因陀拉尼：印度古代神话中的女神，印度教云雨之神因陀罗的爱妻。

她美丽得如同那雨霁之后的彩虹，这个比喻恰如其分。她那一对又大又黑又水灵的眸子，今日却显得异常呆板，仿佛一只被雨淋湿了羽翼的小鸟，呆呆地站立于树梢上。

以前未曾瞧见过她这般呆板麻木。我感觉，她就像一条奔涌而流的小小溪流，忽然流到某地，变成了一泓清幽安静的水池。

三

前几天，酷热的统治十分粗暴凶残；大地的脸色变得憔悴而暗淡无光；树枯叶萎、变少，几乎丧失了生的希望。

就在此时，几片散淡偏执的乌云，乍然在天边安寨扎营。

一抹艳红的夕阳余晖，如同一把利剑，顺着剑路直射而出。

子夜时分，夜色更加深沉，我看见门扇在狂风中猛烈颤动。狂风暴雨揪住了整座城市的头发，试图把它从梦里叫醒。

我起床一看，巷弄里的灯光在细密的雨点中显得分外阴晦，如同醉汉浑浊的眼眸。透过绵绵细雨，寺院的钟声飘荡在空中。

清晨，雨下得更加细密，太阳尚未出现。

四

我们的邻家姑娘，不顾这般风雨，扶着栏杆，默然站立。

她妹妹走到她的跟前，说：“妈妈喊你呢。”她只是用力地摇了几下头，发辫随之优美地摆动。她的弟弟一只手拿住纸船，伸出另一只手来拉她的手。而她却将手缩了回去。弟弟想要拉她和自己玩游戏，却被她打了一下。

五

雨依旧下个不停。暮色愈加浓暗，小姑娘依然在原地呆立着。在远古时期创造的嘴，是通过雨的言语和风的音调说出的第一句话。亿万年悄然逝去了，那些被遗忘的往日话语，今日再次通过雨声来召唤这个姑娘呢。那声音，穿过所有的樊篱，在外部慢慢消失。

有过多少崇高伟大的时代和人世！又有多少奇妙的生灵在这世上的多少个年代里，幸福快乐地繁衍后代！多么久远，多么辽阔！透过梦幻般的云影与淅淅沥沥的雨声，我们在这桀骜不驯的小姑娘的面颊上，看见了一切。

她将一双黑黑的大眼睛慢慢闭上，安静地傲立在那里，就像所有时代的榜样。